始まりは秘密の接吻

ジェシカ・レモン 作
藤峰みちか 訳

ハーレクイン・ディザイア
東京・ロンドン・トロント・パリ・ニューヨーク・アムステルダム
ハンブルク・ストックホルム・ミラノ・シドニー・マドリッド・ワルシャワ
ブダペスト・リオデジャネイロ・ルクセンブルク・フリブール・ムンバイ

BEST FRIENDS, SECRET LOVERS

by Jessica Lemmon

Published by Harlequin Japan, a Division of K.K. HarperCollins Japan, 2019

ジェシカ・レモン

オハイオ州に夫と救助犬と共に住む。セクシーなヒーローを描く以外の時間には、料理をしたり、絵を描いたり、コーヒーを（お察しのとおり、ワインも）飲んだり、ポテトチップスを食べたりして過ごしている。人は誰しも天与の才を持っており、それを信じれば望む人生を送れるというのが信条。

主要登場人物

サブリナ・ダグラス……………〈モナーク〉社のブランドマネージャー。
ルーク……………………………サブリナの弟。
フリン・パーカー………………〈モナーク〉社の社長。
リード・シングルトン…………フリンの親友。〈モナーク〉社のＩＴ部門の責任者。
ゲージ・フレミング……………フリンの親友。〈モナーク〉社の営業責任者。
ジュリアン・パーカー…………フリンの兄。
ベロニカ…………………………フリンの元妻。
エモンズ・パーカー……………フリンの父。〈モナーク〉社の創業者。故人。

プロローグ

「最低でも二十分だな。じゃないと、ベッドで手抜きをしたって言いふらされる」

「七分以上かけているなら、おまえは何もわからないでやっているってことだ」

「何もわからないでやっている男がよく言うよ」

　フリン・パーカーは骨折した脚をオットマンにのせて椅子に寄りかかり、友人ふたりがセックスについて論じ合うのを聞いていた。とくに女性に快感を与える方法について。

「わかってやっていたら、ふたりとも独身から卒業しているさ」フリンは言った。

　ゲージ・フレミングとリード・シングルトンはまばたきをして、存在を忘れていたかのようにフリンを見やった。ゲージがほぼ空に近いウイスキーのボトルをつかみ、リードと自分のグラスに二センチほど注《つ》ぎ足す。

　だが、フリンのグラスには注がなかった。目下、強力な鎮痛剤をのんでいるからだ。

「おまえが言うか」リードがイギリスなまりで言った。酒のせいで少々ろれつがまわっていない。「おまえだって今は左の薬指は空いているだろう」

「それがこの旅行の理由なんだから」ゲージがリードのグラスとフリンの水のボトルに自分のグラスをかちりとあてた。

　そのとおりだ。フリンが最近ベロニカとの結婚生活に終止符を打ったせいで、男三人でこのコロラドの山中へスキーに来ることになった。フリンの父親が所有するこのキャビンに前回三人で来たのは、大学二年のときだ。ここはタイムマシンに違いない。

来るだけで学生時代に逆戻りしてしまう。

ゲージとリードはのべつ幕なしにしゃべり、疑わしい武勇伝を披露した。そしてフリンは愚かにも急な斜面に挑み、脚の骨を折ってしまったのだった。スキーは得意ではない。

ベロニカと離婚したことで、僕の人生と展望はめちゃくちゃになってしまった。親友たちは失意の僕に気晴らしをさせるためにここへ来たようなふりをしているが、本当は、学生時代から互いに一緒にいるのが心地いいからだ。リードは一時期ロンドンへ帰ったのに、また戻ってきた。

フリンはこの休暇で飛行機に乗る前、ふたつの話を聞いた。ひとつは、父エモンズ・パーカーの〝肺炎〟はじつは末期の癌《がん》であり、まもなく五十三年の人生を終えるということ。もうひとつは、自分が休暇を終えて会社に戻ったら父の席に座り、名前のあとに〝社長〟の肩書きがつくということだ。

〈モナーク・コンサルティング〉社の経営は、何よりもフリンが望んでいたことだった。

父にはもう何年も前からその意思を伝えてきたが、父は歓迎するどころか、難色を示した。だが今、会社はフリンの双肩にかかっている。フリンひとりの。

ゲージが何か言ってリードが爆笑した。フリンはまばたきをして友人たちに焦点を合わせた。

いや、僕ひとりではない。リードとゲージがいる。そして、このふたりよりもつきあいの長い親友、サブリナ・ダグラスも。彼らは僕とともに〈モナーク〉社で働いている。彼らが味方なら、やれるはずだ。

僕が社長になると知ったら、古参の社員たちは大騒ぎするだろう。かつて、なんの苦労も努力もしていないとなじった僕の手に、社員全員の生活がゆだねられるのだから。フリンはそのことを深刻に受けとめていた。斜面で脚がぽきりと折れる前から、ずっと考え続けていたあの誓いと同様に。

「学生時代に交わした誓いを覚えているか？　絶対に結婚しないってやつだ」

「もちろん！」リードが大きな声で言った。イギリス生まれのリード・シングルトンは、姓が暗示するとおりシングルを貫く予定でいる。「たしかこの部屋だったよな」

ゲージが唇をすぼめ、わずかに眉をひそめた。

「あの夜はしこたま酔っ払っていた。ほかに何を言ったか、よく覚えていない」

「僕は誓いを守らなかった。守るべきだったよ」あのときは愛に押し流され、誓いを真剣に受けとめなかった。大きな間違いだった。

ゲージが顔をしかめた。「気持ちはわかる。おまえはひどい目にあったからな。だが、あのころは誰も永遠の愛なんて期待していなかった」

「誰も望まなかったんだ」リードが訂正した。

フリンは水のボトルでゲージを指し示した。「例の新しい恋人とはつきあって……一カ月くらいか？」

「ああ、そのくらいだ」

リードがウイスキーをひと口飲んだ。「フリンならもう結婚しているころだな」

ベロニカとはつきあって一カ月で結婚した。まったく、どうかしていた。結婚生活が三年も続いたのは、自分の頑固さゆえだろう。

とどめとなったのは、ベロニカがフリンの兄のジュリアンと浮気したことだった。

裏切られた痛みがフリンの体を突き抜けた。そもそもジュリアンとは昔から仲が悪かった。

「見ろよ」リードがフリンの目を見たまま、ゲージに言った。「あいつ、彼女のことを考えているぜ」

「聞こえているぞ」結婚生活は失ったが、聴覚は失っていない。

もっとも、結婚生活を〝失った〟という表現は適切ではない。結婚生活は〝崩壊した〟のだ。致命的な一撃は、ベロニカがよりによって、芸術家肌の兄に夢中になったことだった。そして彼女はフリンのことを、〝数字屋〟だの〝退屈〟だの〝感情がない〟だのと言ってなじった。

「おい」ゲージが指を鳴らした。「やめろ。ここに来たのはおまえの離婚を祝うためであって、落ちこませるためじゃない」

フリンは斜面を転がり落ちたことで、〝目を覚ませ〟と人生に尻をたたかれたような気がしていた。

「誓いを復活させるぞ」フリンが重々しい口調で言うと、リードも真剣な顔になった。「金輪際、結婚はしない。結婚には、心を痛めたり脚を折ったりするほどの価値はない。おまえたちにはこんな思いをさせたくない。絶対に」

「本気か？」ゲージが長い沈黙のあとで言った。

フリンは黙っていた。

ゲージの目の奥に真剣な光が宿る。「わかった。前はなんて言ったっけ？」

「僕らは絶対に結婚しない」リードが言った。「自分の〝一物〟にかけてそう誓った」

それを聞いてゲージが笑った。

「つまり、おまえのはすでにもげていることになるな」リードがフリンをしげしげと見た。「で、もげているのか？」

「いや」フリンはいらだった顔をリードに向けた。

「もげてなどいない」

リードが額をぬぐって安堵《あんど》したふりをした。

「フリン、おまえは薬でハイになっているんだ」ゲージが頭を振りながら言った。「僕らがあんなことを誓ったのは、おまえの母親が病気になって父親があわれだったからだ。それに、僕はナタリーに捨てられた直後だった。あのころ、僕とおまえは悲しみに打ちひしがれていた」それからリードに目を向けた。「だが、リードは違う。なんで僕らの誓いにのったのかわからないな」

「いずれにせよ、僕は絶対に結婚しない」リードが肩をすくめた。

「また誓おう」フリンが言った。「自分の一物にかけて」

最初に誓いを交わしたときは、誰も本物の心の痛みを知らなかった。恋人との破局はつらいものだが、裏切りによる結婚生活の崩壊はその比ではない。リードとゲージにはそんな思いをさせたくない。この三カ月のあいだ、ずっと内臓をえぐられているような気分だった。あの誓いを真剣に受けとめていれば、これほど苦しまなくてすんだのに。

フリンはベロニカに永遠の愛を誓ったことを死ぬほど後悔していた。結婚生活を三年も我慢する前に彼女が兄に乗り換えてくれていたら、心の傷ももっと浅かっただろう。

「僕も誓うよ」リードがフリンの水のボトルにグラスをぶつけて真剣に言い、期待するような目でゲージを見た。

「わかったよ。ばかげているけど」ゲージがグラスを掲げた。

「ちゃんと言えよ」フリンはにやりともせずに言った。「言わないと無効だ」

「約束する」ゲージが言った。「結婚しない」

「〝絶対に〟と言え。そうしたら乾杯だ」フリンは言った。

「待て」リードが人差し指を立てた。「誰かがまた誓いを破ったらどうする？　情にもろいゲージとかが？」

「黙れ、リード」

「気をつけないと、毎月変わるガールフレンドのひとりが妻になるかもしれないぞ」

「気をつけているさ」ゲージがうなった。

「そうすることだ」フリンは友人たちを見つめた。

「永遠に誰かを愛することなどできないんだから」

フリンの愚かさを象徴するような折れた脚にリードが目を向け、そしてゲージと視線を交わした。このふたりは僕にとって兄弟のようなものだ。ふたりは僕のためならなんだってするだろう――一生独身を貫くと誓うことも。

「絶対に結婚しない」ゲージがグラスを掲げた。

リードとフリンはうなずき、三人は乾杯した。

1

ネクタイを結ぼうとしたフリン・パーカーは胃のむかつきを覚えた。コーヒーの飲みすぎと睡眠不足のせいで両手が震える。さらに悪いことに、葬儀場の奥にある小部屋は二十五度を超えていた。

額に玉の汗が浮かび、てのひらが滑る。目を閉じて、姿見に映るやつれた自分の姿を締めだし、長くゆっくりと息を吐いた。

父の告別式が終わり、暑苦しい部屋を出たとたん、ネクタイをゆるめたのは失敗だった。二度ともとの状態に戻せそうにない。

父が土のなかへおろされるところを直視できるだろうか？

「ここにいたのね」学生時代からの親友、サブリナ・ダグラスが姿見に映りこんできた。「手伝いましょうか？」

「まったく、どうしてここはこんなに暑いんだ」フリンは吠《ほ》えるように言った。

僕の人生には常にサブリナがいた。職場でもそばにいて、今も僕が社長の仕事に慣れるよう補佐してくれている。ベロニカとの結婚式、三十歳の誕生日など、人生の節目にもサブリナは立ち会ってくれた。

彼女が黒縁めがねの上で眉間にしわを寄せながら、フリンのネクタイに手をのばし、結び直そうとした。

「毎朝自分でやっているのに」フリンはつぶやいた。

香水の甘い香りが鼻をくすぐる。サブリナはいつもいいにおいがするが、気がついたのは久しぶりだ。久しぶりすぎる。

フリンは眉をひそめた。ベロニカと結婚しているあいだ、プライベートではサブリナと疎遠になっていた。リードやゲージとは相変わらず一緒に出かけたが、サブリナは、まるでベロニカとのあいだに暗黙の了解があったかのように、プライベートの集まりには顔を出さなかった。

「僕はいったいどうなってしまったんだろう」

「フリン……」

サブリナがはしばみ色の目を見開いてフリンを見た。ベロニカとの離婚騒動のあいだ、そして父が病に伏して死を迎えるまでのあいだ、サブリナはずっとそばにいてくれた。

エモンズ・パーカーは息子たちの事情を知っていたため、遺言状の公開日を兄弟で別にした。

フリンは日曜に、兄のジュリアンは月曜に。

ジュリアンは父が愛したビンテージカーのコレクションと、兄弟が生まれ育った豪奢《ごうしゃ》なコロニアル様式の屋敷を受け継いだ。フリンはコロラドのキャビンのほか、会社とダウンタウンのペントハウスを相続した。父は、〝これから家庭を築く〟からという理由で、母が愛した美しい家をジュリアンに遺《のこ》したのだった。

弟の元妻と結婚して、家庭を築くジュリアンに。

今日フリンは、多くの親族や友人たちと抱擁や握手を交わしたが、ジュリアンとベロニカのことは避けていた。元妻はずっとこちらに目を向けていたもののの、フリンは頑として彼女に近づかなかった。ベロニカが罪悪感を抱いているとしても微々たるものだろうし、もう遅すぎる。

「どうやって結べばいいかわからないわ」サブリナが喉をつまらせて言った。ピンク色の唇をぎゅっと噛《か》みしめ、顎を震わせて。

サブリナはいつも僕の身になって心を痛めてくれる。ベロニカとの離婚が決まったときもそうだった。

「ごめんなさい」

サブリナはあきらめてネクタイを放し、めがねの下で目もとをぬぐった。

フリンははなをすする彼女を、ためらうことなく引き寄せた。自分をよく知り、心から気にかけてくれる人を抱きしめると、喉がつまった。

「君はするべきことをちゃんとしてくれている。ここにいてくれるだけで充分だ」

サブリナが彼を放し、手近なボックスからティッシュペーパーを一枚引きだした。めがねをあげ、目もとを押さえて、姿見に映る自分を確認する。

「ぜんぜん力になっていないわね」

「なっているさ」

サブリナはいつも僕の気持ちを敏感に感じとり、共感してくれる。だが、そのせいで彼女に悲しい思いをさせていると思うと、いたたまれなかった。フリンは姿見に映るサブリナを見つめた。つややかな黒髪、なめらかな肌、彼女を親しみやすく、かつ賢く見せるめがね。今は長身の体を黒のワンピースに包み、黒のストッキングにハイヒールをはいている。

「もう大丈夫。ごめんなさい」サブリナがうなずき、ティッシュペーパーを手のなかで丸めた。「もし何か必要なものがあれば――」

「抜けだそう」フリンは唐突に言った。その言葉が口から出た瞬間、それが正しいと気づいた。

「抜けだすって……お葬式を？」彼女が顔を引きつらせた。

「なぜだめなんだ？」

多くの人に会った。司祭が父のことをまるで聖人のように語るのも聞いた。父への偽りの賛辞を聞くのはもうたくさんだ。

サブリナが口を開こうとした。おそらく反論するためだろうが、フリンは何も言わせなかった。

「抜けだしたってかまわないさ」

彼女がうなずいた。「わかったわ。抜けだしましょう」

フリンは心からほっとした。

「〈チャズの店〉へ行くのはどうかしら？」サブリナが言った。「フィッシュ・アンド・チップスが食べたくてたまらないの」彼女は目を丸くして口を覆った。「やだ。お葬式なのに不謹慎ね」

彼は微笑《ほほえ》んだ。職場以外の場所へサブリナと一緒に出かけるのは久しぶりだ。「ここを出よう」

「まさか、父親の葬式を中抜けする気か？」ジュリアンが戸口に現れ、唇をゆがめて嫌悪感をあらわにした。

人の倫理観に文句を言えた義理か？

ジュリアンの肩の向こうに、ベロニカの姿が見えた。ベロニカの視線がフリンに、そしてサブリナに向けられる。フリンは手足が死人のように冷たくなるのを感じた。

「ハニー」ベロニカがジュリアンにささやいた。「ここではやめましょうよ」

ハニーだって？

サブリナがフリンに加勢するように一歩踏みだした。自分には味方をしてくれる親友がいる。サブリナに守ってもらう必要はないが、彼女が守ろうとしてくれることはとてもありがたかった。

ジュリアンが肩をすくめ、スーツのジャケットからベロニカの手を払いのけてフリンをにらみつけた。あれは父のスーツだ。肩幅が広すぎるし、丈が少し長い。

ジュリアンはスーツを持っていない。兄は画家で、そのクリエイティブなところに心を奪われたとベロニカが言っていた。

「自分の父親を墓まで見送らないのか？」ジュリアンがつばを飛ばしてなじった。ベロニカがまた〝ハニー〟と言ってたしなめたが、ジュリアンは無視した。

「〝僕たちが何をしようとおまえが口出しすることじゃない〟と、僕に言ったよな」フリンはジュリアンから視線を引き離し、ベロニカをにらんだ。「ふたりに同じ言葉を返すよ」

ベロニカが目を丸くした。豊かなブロンドの髪に、デザイナーズブランドの服。顔には完璧に化粧が施され、爪もきれいに塗られている。彼女のことを美しいと思っていたが、その仮面の下にあるものを僕は目の当たりにした。

わがまま。裏切り。嘘《うそ》。

「偉そうに言わないで」ベロニカが言い返した。

「君は前はもっと魅力的だったのに」フリンははっとした。声に出して言うつもりはなかった。

「くそったれめが！」

そのときジュリアンが飛びかかってきて、よれよれのパンチを繰りだした。フリンはあっさりとかわした。こっちはゲージとリードを相手に何度も殴り合ってきたが、ジュリアンは絵筆をキャンバスに殴りつけているだけだ。

フリンは身をかがめてパンチをよけ、兄の鼻に拳を打ちこんだ。ジュリアンがよろめき、バランスを失って尻もちをつく。サブリナが息をのみ、ベロニカは悲鳴をあげた。悪態をつくジュリアンの鼻から血が流れる。

「ハニー……ああ、ハニー」ベロニカがうめき声をあげるジュリアンの上にかがみこんだ。

フリンは、自分が何にいらだっているのかわからなかった。元妻が、永遠の愛を誓った相手ではなく、その兄の容態を心配していることか？　それとも、自分が平静を失って兄を殴ったことだろうか？

「大丈夫？」サブリナが言った。

眉を心配そうにひそめてこちらを見つめている。こんな醜態をさらす自分を見られたくなかった。

「ああ」

フリンは彼女の手をとり、その狭い部屋を出た。すると、廊下を足早に歩いてきたリードとゲージにでくわした。

「悲鳴が聞こえたが」

リードが顎をこわばらせ、両手を握りしめている。ゲージも同じような顔つきであたりを見まわしていた。

「大丈夫かい？」ゲージがサブリナに尋ねた。

「悲鳴をあげたのは私じゃなくて、ベロニカよ」

「大丈夫だ」フリンは言った。「ジュリアンの鼻を折ってやっただけだ」

「折ってやった？」一瞬の間を置いて、リードがにやりとし、フリンの肩をたたいた。

「そそのかさないで」サブリナが警告した。

「それで、これからどうする？」ゲージが尋ねると同時に、近くの部屋からジュリアンのうめき声とベロニカのなだめる声が聞こえてきた。

「葬儀を抜けだす」フリンが宣言した。「ヘチャズの店〉で一緒にフィッシュ・アンド・チップスを食べないか？」

「いいねえ」リードが言った。彼の大好物なのだ。

何事にも慎重なゲージは、注意深くフリンを見つめていた。「本当にそうしたいのか？」

フリンは、怒りっぽくていつも怒鳴っていた父のことを考えた。十五年前に母が癌《がん》で亡くなったあとの、父の孤独な生活を思った。父も母と同じ運命をたどった。ただし母とは違って、本当に大事なものに気づくことはなかったが。父は死ぬまで辛辣だった。だから、父が墓に埋葬されるのを見るのが耐えられないのかもしれない。

サブリナがフリンの手をぎゅっと握った。「なんでもしたいことをして。私たちがついているわ」

リードとゲージがうなずいた。

「わかっている」

フリンは埋葬が始まるのを辛抱強く待っている人々を避け、どこからともなく湧いてきた名前も知らない親戚たちとすれ違い、ベロニカの友人のひとりと行き会った。その人に、ベロニカとジュリアンの居場所をきかれた。

「なかにいますよ」フリンは教えた。

足取りをゆるめず、サブリナの手を放さず、車へと向かう。彼女のために助手席のドアを開けてやると、そのあいだにゲージとリードが後部座席に乗りこんだ。そしてフリンは教会の駐車場からバックで車を出し、〈チャズの店〉に直行した。

2

半年後。

フリンは役員用休憩室で、最高級のマシンを使ってエスプレッソをいれた。これも社長であることの特権だ。

日当たりのよいこの部屋は、かつては父が引きこもるために使っていたので、人を入れることはめったになかった。だが、フリンはこの休憩室を親友たちに開放した。三人は、かつては父が独占していた最上階に、それぞれオフィスを持っていた。

えこひいきだと思われても気にしなかった。休暇から戻って社長に就任したとき、最上階に新しいオフィスを三室こしらえ、友人たちをそばに置いた。

彼らを見ると、自分が〈モナーク・コンサルティング〉社を経営しているのが妄想ではないと実感できる。

今や〈モナーク〉社は自分のものだ。自分の思いどおりにできるのだ。父のやり方など知るものか。〈モナーク〉社の仕事は、企業が業績を改善して成長するために、より優れた新しい方法を見つけることだ。だが皮肉にも、父は何十年も同じ方法でやってきた。

ゲージは営業部門の責任者だ。人好きのする彼はその役目にぴったりだった。リードはIT部門の責任者で、名札には〝デジタル・マーケティング・アナリスト〟と仰々しく書かれている。なんにでも楽しみを見つけることのできるサブリナは、ブランドマネージャーに昇進し、デザインや企業イメージ、ソーシャルメディア関係を統括していた。

フリンは有機栽培のきび砂糖をエスプレッソに入

れた。この半年間の親友たちの力添えに感謝してい
た。彼らがそばにいてくれたおかげで、なんとか自
分を保つことができた。
「調子はどうだい、兄弟？」ゲージがぶらりと部屋
に入ってきた。ゲージは血を分けた兄弟ではないが、
そう呼ぶにふさわしい。
ああ、兄弟を選ぶことができればいいのに。
「長い週末だったのに、おまえがまだまっすぐ立っ
ていられるとはびっくりだ」ゲージがそう言って、
フリンの背中をたたいた。
この週末は、フリンとベロニカの離婚手続きが完
了したことを祝って街に繰りだし、ぐでんぐでんに
酔っ払っていたのだ。それはフリンにとって楽しい
ひとときだった。少なくとも週末のあいだは。
「僕は立ち直りが早いのさ」フリンはぶつぶつ言っ
た。まだ疲れが残っているし、若干二日酔いかもし
れない。日付が変わる前に切りあげればよかった。
「おはよう、ゲージ」リードがふらりと入ってきた。
「おはよう、フリン」
リードは頑としてイギリスなまりを直そうとはし
ない。というのも、イギリスなまりがあったほうが
女性にもてるからだ。
フリンは鈍感で近寄りがたく、ゲージは親しみや
すくてみんなに好かれる。そしてリードは、ちょう
どその中間といったところだ。とても魅力的な男だ
が、過去については決して語ろうとしなかった。
いずれ心の整理がついたら話してくれるだろう。
この様子では、三人のうちの誰かのいまわの際にな
りそうだが。
「まったく、三人ともひどい様子ね」
サブリナが入ってきた。子供のような無邪気さと
知性の両方が、そこここににじみでている。タイト
スカート、ブラウス、ハイヒールは、まさに洗練さ
れた女性そのものだ。彼女が昇進をしぶったため、

フリンは何度も説得しなければならなかった。サブリナはいつも自分よりも他人のことを優先する。そして明るく楽観的で、何事にも楽しみを見いだそうとする。

「あらあら」サブリナがフリンの顔を見て声をひそめた。「ゆうべ、こてんぱんにのされたみたいな顔をしているわよ」そして、ゲージとリードをしげしげと見た。「そっちのふたりも似たようなものね。もしかして……手続きが完了したの？」

「フリンは正真正銘の独身だ」リードが言った。

彼女はすぐに笑みを引っこめてフリンに近づいた。

「大丈夫？」

「ああ」

「本当に？」

離婚手続きが完了したことをなぜ話してくれなかったのか――サブリナはそう問いつめているのだ。

フリンはそのことを話題にするより、その話題につきまとう憂さを酒で晴らしたかった。

フリンはリードとゲージに視線を送った。

〝助けてくれ〟

「僕らが君を誘ったとしても、君は一緒に来たくはなかったと思うよ」ゲージが言った。

「それはどういう意味？」サブリナが眉をひそめた。

「ダーリン」リードが彼女の肩に腕をかけた。「言わせないでくれよ」

「いやだ。みんなで女の子をナンパしたの？」サブリナは全員に尋ねたが、目はフリンのほうに向けられていた。「だから私は呼ばれなかったのね？」彼女は唇をすぼめて考えている。「もしかして、三人で例のばかげた誓いを復活させたことに関係があるのかしら？」

「ばかげてなどいない」フリンは言い返した。

かつては家族や結婚や永遠の幸せを神聖なものだと考えていた。だが、僕はそのコインの裏面を見たのだ。そこにあったのは裏切りと後悔だった。

離婚が僕を変えたのだ。

「君も独身だし、一緒に誓いたかった？」リードが微笑《ほほえ》み、紙コップにコーヒーを注《つ》いだ。

「いいえ。誓いたくないわ。私は好きで独身でいるの。あなたが独身なのは無分別だからでしょう」

「君が好きで独身でいるとはね」リードが言った。

サブリナはリードの言葉を無視して言った。「人を愛さないと誓うなんて、幼稚だし、短絡的だわ」

「愛してもいいんだよ」ゲージが言い返す。「結婚はしないってだけで」

「まったく、どうかしているわ」

彼女にあきれた顔をされ、フリンは我慢しきれなくなった。「サブリナ」せいいっぱい声を低くして威圧感を出す。「これは冗談じゃないんだ」

サブリナが顎をあげて百八十センチのフリンをにらんだ。「冗談じゃないことは知っているわよ。それでもどうかしているわ」

彼女がコーヒーメーカーに向かうと、リードが笑った。「おまえが何を言っても、サブリナの気持ちを変えることはできないよ」

「まあね。だが、それはお互いさまさ」

フリンはそう言ったものの、それは真実ではないと——自分の気持ちは彼女に大いに左右されていると感じていた。実際、僕はサブリナを、リードやゲージと同じようには見ていない。昔から、単なる親友のひとりとして扱うことはできなかった。昨夜のおふざけも、スキーに行った週末と同じように、彼女を誘わないことで守ったつもりだ。現に、僕は今、疲れきってへろへろだが、サブリナはそうではない。彼女にはいつも前向きで輝いていてほしい。憂いなど感じてほしくない。それは彼女自身のためだが、僕のためでもある。

「本当に胸が張り裂けることはあるんだよ」リード

がドアに向かうサブリナに声をかけた。「君もそのうちわかるさ」

「ばかね」

彼女は出ていったが、その顔には笑みが浮かんでいた。

3

同じ日の午後、サブリナが会議室のドアの前を通りかかると、なかから怒鳴り声が聞こえてきた。今のは間違いなく、フリンと、エモンズ・パーカーが創業期に雇った役員のマック・ラングレーの声だ。

さらにののりしの言葉が飛び、サブリナは身をこわばらせた。四人で葬儀を抜けだして〈チャズの店〉へフィッシュ・アンド・チップスを食べに行ったとき、昔のフリンが垣間見えた。あの瞬間、彼とそんな時間を過ごすのをとても恋しく思っていた自分に気づいた。ベロニカとの結婚がきっかけで、フリンとは疎遠になっていたのだ。学生時代はよく彼のためにクッキーを焼いたり、洗濯をしたり、食事をつくったりしたものだった。

いろいろ世話をやいてあげたいという気持ちがあらためて湧いてくる。ベロニカが何もしなかったせいか、あるいは単に、私が彼にまた機嫌よくいてほしいと思っているからだろうか。学生時代のフリンは本当に幸せそうだった。

フリンが再び大声でマックをののしり、サブリナはぎょっとした。人をあんなふうに侮辱したら、ただではすまないだろう。ほとぼりを冷ますには時間が必要だ。それに距離も。マックのような男性が相手なら、東京とロンドンくらいの距離がいるかもしれない。

分厚い木のドアも怒鳴り声をさえぎることはできず、ゲージと若い女性のインターンがふたり、心配してやってきた。

怒鳴り声がやんでも、ぴりぴりとした雰囲気は消えなかった。部屋のなかから緊張した空気がもれだしてくるようだ。

サブリナは顔に笑みを貼りつけ、インターンふたりとゲージのほうを向いた。

「やれやれ」ゲージがにやにやしながらコーヒーを口に運び、インターンたちに目を向けた。「フリンがなかから出てくる前にこの場を離れたほうがいいと思うな」軽い口調で言い、ふたりの若い女性にウインクする。

ふたりがくすくす笑いながら小走りに去っていくと、ゲージはにっこりした。

「袖を触れ合う人全員に魅力を振りまかないと気がすまないの？」

「魅力を振りまいたわけじゃない。自分らしくふるまっただけだ」彼がにやりとした。

たしかにゲージは彼女たちを魅了しようとしたわけではない。息をするように甘い言葉を吐く人なのだ。とはいえ、ゲージのウインクと笑顔があのふたりの口をいつまでも封じているとは思えない。フリンが激怒したことは全社員が知ることになるだろう。

彼が悪く思われるのはなんとしても避けたかった。たとえ会社を引き継いで以来、怪物のようなふるまいをしているとしても。傷ついているフリンに必要なのは手助けであって、批判ではない。

ゲージがサブリナの隣に来て、ドアを見つめた。

「なかにはフリンのほかに誰がいる？」

「マックよ。それに声から判断すると、ほかにも役員が何人か。リードの声は聞こえないわ」

ゲージが頭を振った。「あいつとはさっきオフィスですれ違った」

なかにフリンの味方は誰もいない。この会議は誰が招集したのだろう？

「この週末に何かあった？」彼女は尋ねた。大酒を飲んだせいで感情を吐きだしたくなったのかも……いや、それはないだろう。

「飲んだ。浴びるようにね。あの誓いを復活させたのは正しかった」ゲージが肩をすくめた。

「そのばかげた誓い、本気で守る気？」

「サブリナ、君も誓いの輪に加わりたいならそう言ってくれればいいのに」

「やめておくわ」サブリナはあきれた。なぜ誰も彼も私に加われと言うのだろう。まるで私がその一員になりたがっているみたいだ。「私は結婚したことはないけれど、つらい思いをしている友達は見てきた。離婚は悲惨よ。とくにお父様を亡くしたばかりのフリンは、さらに追い打ちをかけられたようなものだわ。週末に痛飲しても心は癒やせないはずよ」

この半年、父親の死を乗り越えようとするフリンを見てきた。しばらくのあいだは怒りと悲しみにさいなまれていたが、しだいに気持ちが和らいできたようだった。新しいオフィスでシャンパンで乾杯した日、彼は終始笑顔だった。そして、〈モナーク〉社をどう変えていくかについて熱く語り、自分のそばを離れずにいる三人の親友に感謝した。だが今、あの楽天的なフリンの姿はどこにもない。彼は怒りを爆発させてばかりいる。

「あいつは忙しすぎるんだ」ゲージがサブリナの肩にそっと手を置いた。「会社の経営はストレスだらけなのに、ちゃんと敬意を払われていない。だが、あいつの精神面は心配いらないよ。必要な手立てはちゃんと用意している」

だけど私はフリンという人を知っている。彼の気持ちは理解できるし、価値観も知っている。たしかに、ベロニカとの結婚後は多少距離が開いたけれど、職場では毎日彼の姿を見ていた。会議やランチの席でも何度となく一緒になった。

かつてのフリンは快活で率直で穏和な人だったし、幸せそうだった。だけど今の彼は、まったく幸せそうではない。じつを言えば、それは何年も前からだ。ベロニカは最初から彼にとって心の安らぐ相手ではなかった。フリンがどれほど言うことを聞いてやっても、彼女が満足することはなかった。

サブリナは頭を振った。フリンはもっと大事にされてしかるべきだ。

「でも――」彼女は言った。

「あいつは大丈夫だ。ただ、女と寝る必要はあるかもな」

サブリナはぎょっとした。ゲージの言葉の選択にではない。ゲージとリードは、フリン同様、学生時代からの親友だ。職場のなかでも外でも、彼らとは気安くつきあえる。だがフリンが誰かとベッドをともにすることを考えると、気持ちが落ち着かなくなった。彼がベロニカのものであることには慣れたが、ほかの女性のものになることを思うと……。

「下品だわ」

ゲージが肩をすくめ、エレベーターへ向かった。

まったく、男というのはくだらないことばかり考える。

フリンには時間が——心を癒やすための時間が必要なのだ。どこの誰とも知れない女性と過ごすなんてとんでもない。

フリンが結婚したとき、最初は彼をとられたような気がしたが、すぐにそれは自分のわがままだと割り切った。フリンを自分のものだと主張する権利など、私にはない。親友である私は、何があっても彼を支える。そこは変わっていない。もしもフリンが気分転換に、どこかのふしだらな女を家に連れこもうなんて思い始めたら、私が考えていることをきちんと言おう。

そのとき、会議室のドアが開いた。スーツ姿の集団が続々と部屋から出てきた。ほとんどは古参の役員で、エモンズ・パーカーが〈モナーク〉社を立ちあげたときに力を貸した人たちだ。エモンズがコンサルティング会社を一から築きあげたことは賞賛に値する。しかもそれを太平洋岸北西部でもトップクラスの経営コンサルティング会社にまで成長させたのだから、なおさらだ。

エモンズはフリンを無理やり役員に就任させた。そしてフリンは大学を卒業したとき、ゲージとサブリナを採用した。その数年後にはリードも入社した。彼はいったんロンドンに帰ったものの、アメリカでの暮らしのほうが自分に合っていると気づいて戻ってきたのだ。

サブリナは横にどいて、猛然と進んでくるマックに道を譲った。耳から蒸気を噴きだす勢いだ。両腕をこわばらせ、拳を握りしめている。

ほかの役員たちも出てきたが、マックほど激高してはいないようだ。

サブリナは法律顧問のベリンダにおずおずと笑み

を向けた。ベリンダは頭の切れる厳しい女性だが、気遣いを忘れない人でもある。

「いったいどうしたんですか？」サブリナはベリンダのあとを追いながらささやいた。

ベリンダが足をとめ、役員たちがほうぼうに散っていくのを確かめてから、サブリナに視線を向けた。

「フリンをここから連れだして、サブリナ。じゃないと、あの人たちが反乱を起こすわよ」

「わかりました。それでは……ランチか何かに連れていってみます」

「一時間じゃなくて、何週間か……いいえ、一カ月でもいいわ。何が重要かをフリンが思い出すまで。さもないと、彼らはきっとフリンを見捨てる。エモンズ・パーカーの息子だろうがそうでなかろうが、フリンは支持されていないの」

「彼らの支持など、これまで得られたためしがないだろう」ベリンダの背後でフリンが言った。

ベリンダはたじろぎも飛びあがりもせず、ただ振り返って頭を振った。「私の提案、聞いていたわね」そう言うと彼に鋭い目を向け、ふたりをその場に残して去っていった。

「何があったの？　すごい騒ぎだったわ」

「株価の急落を責められた。父が死んで投資家たちが落ち着かないのは僕のせいだとさ」

フリンは今風にカットした短い髪に手をやり、目を閉じた。長いまつげが高い頬骨と鋭い顎に影を落としている。エモンズは年老いてもなおハンサムだったが、フリンにはその遺伝子が受け継がれていた。彼はジーンズとTシャツだろうが、スーツとネクタイだろうが、すてきに着こなす。今はダークスーツに淡いブルーのシャツを着て、濃いブルーのネクタイを合わせていた。

「あなたのお父様が病気だと報じられたとたん会社が傾きだしたことを、あの人たちは知らないのかしら。あなたとはなんの関係もないのに」

「そんなこと、彼らにはどうでもいいんだ」

フリンがきびすを返してエレベーターへ向かったので、サブリナはあとを追った。自分のオフィスも彼と同じフロアにある。フリンは彼女が来るのを見てドアを押さえていてくれた。サブリナが乗りこんで隣に立つと、エレベーターが上昇し始めた。

「ベリンダに言われたんだけど――」

「マックはばかだ。僕が彼ではなく友人たちをそばに置いたときから、ずっと腹を立てている。たしかにこの四半期の数字は、役員たちが反乱を起こす理由としては完璧だ。ベリンダは怯《おび》えたうさぎみたいに僕を逃げださせたいんだ」フリンがサブリナをにらみつけた。「君の目には僕がうさぎに見えるか?」

「見えないわ」

サブリナは彼の腕をつかんだ。フリンが盾にしている怒りの壁を破りたい。そのときふいに彼の表情が和らぎ、お互いを妙に意識した。彼女の腕に電流のようなものが流れ、愛撫《あいぶ》みたいに体をかすめていく。

サブリナははっとして手を離した。この人は親友のフリンだ。こんなふうに体が反応するなんて……どうかしている。

彼女はまるでざわつく意識を体から払いのけるかのように手を振った。「どうなっているのか教えて」

フリンがサブリナをじっと見つめている。そのブルーの目には何も浮かんでいなかった。今日はダークスーツを着ているせいか、目の色が濃く見えた。彼は怒っているときでもハンサムだ。

ベロニカはばかだわ。

こみあげた怒りがうずきに変わった。フリンの元妻がした裏切りのことを考えると、いつも叫びだしたくなってしまう。フリンみたいにすばらしい人をぞんざいに捨てるなんて、ベロニカは彼にはふさわしくなかったのだ。

「フリン」

フリンがため息をついた。エレベーターのドアが開くと、サブリナに先に出るよう促す。

「僕のオフィスへ行こう」

彼女は先に立ってガラス張りの部屋に入り、フリンが入るのを待ってドアを閉めた。

両手を腰にあて、にらみつけてきた彼に、サブリナは率直な質問をした。

「あなた、いったいどうなっているの？」

「どういう意味だ？」

「さっきは何を怒鳴っていたわけ？　本当はどういう話なの？　マックとの意見の相違だとかなんとか言ってごまかさないで」

「なんでもない」フリンの顔が険しくなった。

サブリナは背筋をのばし、腕組みをした。彼が本当のことを話してくれるまで待つと決めていた。これ以上ごまかされるつもりはない。

「僕に社長の仕事が務まるとは、彼らは思っていないのさ」フリンが言った。

「彼らが間違っているのよ」

「彼らは父に戻ってほしいんだ。冷酷で無慈悲なろくでなしに、このオフィスに座ってボーナスを配ってほしいのさ」彼が椅子に腰をおろし、両腕を広げた。「冷酷で無慈悲なろくでなしの部分は要望にこたえているつもりだが、彼らは満足していない」

フリンは、自分は父親のようにはならないといつも言っていた。にもかかわらず、その父親を病で失い、ベロニカに裏切られたせいで、エモンズ・パーカーそっくりになってしまっていた。

フリンが顔をゆがめて立ちあがり、その椅子に座るようサブリナを促した。「座って。君に見せたいものがある」

サブリナが豪華なオフィスチェアに座ると、フリンが身をかがめてきた。知っているようで知らないムスクの香りがする。彼がこんなふうに近づいてきたことは何度となくあるけれど、こんなに胸が高鳴ったのは初めてだ。フリンはパソコンにパスワードを打ちこんでいる。今日の私はどうしたのだろう？男性から注目されるのはそんなに久しぶりだった？

久しぶりだわ。彼女はむっつりと考えた。

「これを読んで」フリンがメールを開いて後ろにさがった。男っぽい香りが漂う。「やめると言って脅してきた」

サブリナはメールの件名を声に出して読んだ。

「〝辞職願〟？」

「そう。わが社の財務担当役員、人事部長、副社長からだ。彼らは新しい会社をおこして社員の大半を連れていくと言って脅している。もしも僕がベリンダの提案に同意して長期の休みをとれば、彼らはとどまって僕に二度目のチャンスをくれるそうだ」

「反乱ね」これほどばかげた計画に、〈モナーク〉社の幹部社員たちが何人も同調するなんて信じられない。

「それだけではすまない。彼らが出ていったあとも会社を維持するつもりなら、新しい社員を育成するあいだは営業活動をストップせざるを得ないだろう」

フリンの言うとおりだ。新しい体制を築くには何カ月もかかるだろう。〈モナーク〉社はつぶれてしまうかもしれない。

「僕は休むつもりはない」

「あの人たちは、あなたが長期の休暇をとったら何か変わると思っているの？」

「僕は疲れきっているから、ゆっくりする時間が必要なんだそうだ」彼が吐き捨てるように言った。

「それは……」

フリンに反対せずに幹部社員たちの意見に賛成す

るにはどうすればいい？

「ゆっくりするのがそんなに悪いこと？　あなたはお父様が亡くなったことをちゃんと受け入れられていないのよ」

フリンの顔が険しくなった。二十三歳の差があっても、父と息子は生き写しだ。

幹部社員たちは従来のやり方に慣れている。フリンが新しいことを実行すると、それがたとえ会社にとっていいことでも、その変化が気に入らないのだ。

「たぶんこけおどしだよ」彼が言った。

そうとも言いきれない。マックには力がある。地位においても、幹部社員たちを説得して自分の計画に協力させる能力においても。

「一カ月の休暇をとるって、そんなに悪いことかしら？」サブリナは体の向きを変えてフリンの目を見すえた。

「一カ月も離れたら、彼らが会社をどうするかわからない」

「でもリードがいるわ。ゲージだって。マックがあなたの会社をぶち壊すなんて、あのふたりが許さないわよ」

それに私も。だけどフリンを説得して休暇をとらせることになれば、私はここにいることはできない。

〝フリンをここから連れだして〟とベリンダは私にはっきりと言った。私も彼をひとりにするつもりはない。仕事という、気をそらすものがなくなれば、感情という重い荷物の荷ほどきをすることになってしまうから。

そんなことを彼ひとりに耐えさせるつもりはなかった。

4

「それで？　アドバイスは？」サブリナは弟のルークに向かって眉をつりあげた。

弟がビールのジョッキを持ちあげて、一方の肩をすくめた。ルークはサブリナと同じく豊かな黒髪をしているが、目は母親譲りの鮮やかなグリーンだ。

「放っておけば？」ルークがにやりとした。ふたつ年下の弟は、ユーモアセンスとずば抜けた頭脳の持ち主だ。「冗談だよ」彼はサブリナの手を軽くたたいた。「フリンは今、地獄から這《は》いだそうとしているんだと思う」

「そのとおりよ。だからといって、あんな誓いを立てるなんてばかげているけど」

「うーん、そこは責められないな」

「ドーンとのことがあったからね」

元恋人の名前を聞いてルークの顎がこわばった。

「人のことは言えないだろう。いとしいフリン以外に、夢中になった男の名前を言ってみろよ」

「言っておくけど、私はフリンを愛していないわ。私と彼は友達なの。話を変えるのはやめて」

フリンのルックスが、香りが、その存在自体が意識されてしかたがないけれど。いずれそんなこともなくなるだろう。そうなってもらわなくては困る。

ルークがため息をつき、空になったジョッキをテーブルに置いて、バーテンダーにお代わりを頼んだ。それが届くのを待ってから、報告した。

「ドーンが結婚するそうだ」

「なんですって？　このあいだあなたと別れたばかりじゃない！」

弟が肩をすくめた。

「残念ね」

「フリンの誓いは悪くないと言いたいだけさ。僕自身、ドーンと別れて以来、女性とつきあいたいとは思わない。どうやらしばらく、僕らは母さんに念願の孫の顔を見せてやれそうにないな」

サブリナがフリンを愛していると思いこんでいるのはルークだけではない。母からも何度か結婚をすすめられたことがあった。そうこうするうちにフリンがベロニカと結婚し、母も何も言わなくなったけれど。

「彼の離婚問題が片づいたから、お母さんがまた騒ぎだすでしょうね」サブリナはうんざりした。

「鎧《よろい》で身をかためるか、あるいは妊娠するしかないな」

ルークがそう言うと、サブリナは彼の腕をたたいた。弟の二の腕は岩のようにかたかった。

「まだウエイトリフティングをやっているの？」

「ああ」ルークはTシャツの袖をまくりあげた。

サブリナは思わず彼の二の腕をぎゅっと握った。

「すごいわね」

「ジムに来るといい。初回は無料だ」

ルークはとびきり頭がいいにもかかわらず、フィットネス・トレーナーの道を選んだ。女性たちが彼に熱をあげ、レッスンを何度も予約するだろうという、きわめて単純な計算からだ。実際、その目論見《もくろみ》どおり、ルークは立派に生計を立てている。

「ありがとう。でもヨガと瞑想《めいそう》で充分よ」

そのとき携帯電話が振動し、サブリナはハンドバッグから電話を取りだした。

フリンからのメッセージだ。《忙しい？》

彼女は返事を打った。《ううん。どうしたの？》

《君が必要だ》

サブリナはその短い言葉を見つめた。いくつもの思いが頭のなかを飛び交い、鼓動が速くなる。変なことをしないよう自分に言い聞かせつつ、彼女は返事を打った。

《今どこ？》

ふいに彼女の手から携帯電話が消えた。

「ちょっと！」サブリナは叫んだ。彼女の手が届かないところでルークが携帯電話を持っている。

「やっぱりな」彼がにやりとした。「これは情事のお誘いだ」

「違うわよ」

彼女は携帯電話を奪い返そうとしたが、遠ざけられてしまった。そこで、弟の耳をつかんで引っ張った。

「いて！」ルークがむっとして耳をさする。

サブリナは弟をにらみ、フリンの返事を読んだ。

《家だ》

フリンの古い家ではなく、新しい家だ。ジュリアンは家族で住んでいた屋敷を相続し、フリンはエモンズ・パーカーのペントハウスを受け継いだ。スチールの梁《はり》とガラスでできた建物で、チャコールグレーの床に黒の家具が置かれている。

サブリナは十分で行くと返事を打つと、炭酸水を飲み干して立ちあがり、弟に投げキスをした。「またね、アインシュタイン」

「情事のお誘いか」ルークが再び言った。

「変なこと言わないで」

「気をつけるんだぞ！」背後から弟がそう言って笑い声をあげるのが聞こえた。


フリンの家に着いたサブリナは、彼に教えてもらった暗証番号で私用の駐車エリアに車を乗り入れると、彼の車の隣にとめた。建物のなかに入り、エレベーターに乗りこんで、再び暗証番号を押して最上階へといっきにのぼる。この建物は、フリンには堅苦しすぎる気がした。

というか、以前のフリンには、という意味だ。最近は彼自身がかなり堅苦しい。

フリンは昔からまじめだったが、ベロニカと結婚したことでさらにまじめになった。彼はとても献身的な夫だった。にもかかわらずベロニカは満足できず、いつも宝石やお金をねだっていた。ふたりが住んでいた家は豪勢な屋敷だったが、それでも彼女は文句を言っていた。

そんなことを思い出して腹を立てながら、サブリナはエレベーターをおりてフリンのペントハウスに入り、到着を告げた。高い梁に声が跳ね返り、ガラス窓に響く。〈サウンド・オブ・ミュージック〉の歌を歌おうとしたとき、彼が階段をおりてくるのが見えた。

「歌うなよ」フリンが警告した。

「興ざめなことを言わないで」サブリナは息を吐きだし、ダイニングルームのテーブルにハンドバッグとコートを置いた。白いテーブルに、白い椅子。テーブルのまんなかには白いボウルが置かれ、変な磁器の白い玉が入っている。「この家のインテリアは味気ないわね。個性がまるでないわ」

「個性がほしくてインテリアデザイナーを雇ったわけじゃない」彼がアイパッドから顔をあげた。「父の個性を取り除くために雇ったんだ」

サブリナは部屋のなかを見まわした。黒のソファに、グレーのコーヒーテーブル、グレーのラグ。暖炉の上には絵がかけられている。白をバックにした黒い染みのアートだ。

「それなら完璧ね」彼女は静かに微笑《ほほえ》んだ。「それで、私はどんな用事で必要とされているのかしら?」

「中華料理をたっぷり食べようかと思って」

「ゲージとリードはどうしたの?」

「あのふたりが何か?」

「余った料理を片づけてもらうなら、あのふたりで充分なんじゃない？」

フリンはアイパッドを横に置くと、サブリナを見おろしてにっこり笑った。「君のほうがいいんだ。近ごろずっと、君が外界にいるような気がしていた」

「外界？」

「後ろに引っこんでしまっていたというか。僕ら四人は、かつてはもっと頻繁に出歩いていた。プライベートで。でも……このところ出歩かなくなっていたよね」

彼女は胸がいっぱいになった。この三年間、フリンが恋しかったけれど、彼が結婚した以上、配慮が必要だと思っていたのだ。それでも、フリンが自分を恋しく思ってくれていたことがわかってうれしい。

「あら」サブリナは顔を輝かせ、何も考えずに彼の頬に軽く触れた。フリンの肌のぬくもりと、ひげのざらつきが強烈に意識され、あわてて手を離して咳《せき》払《ばら》いをする。彼は友人以外の何物でもないのだ。

「そんなにつらかった？」

フリンが微笑みを返した。「ああ。懇願するなんて、みっともないけどね」

一時間後、ふたりはダイニングルームのテーブルで、ケイタリングの料理の容器、アイパッド、ノートパソコン、報告書がたっぷり入ったファイルをあいだに挟んで座っていた。全部の料理を少しずつ食べ、ビールを数本空けたとき、フリンが仕事の話を持ちだした。

サブリナは、学生時代に徹夜で勉強したことを思い出した。当時のことが、最近はよく頭に浮かぶ。あのころの人生は本当に単純だった。

「これでうまくいく」彼は締めくくった。

彼女はテーブルに肘をついてあくびをした。「あなたってひどい人ね。金曜の夜遅くまで働かせるなら、お代わりをすすめてくれないと」

「夕食をおごったじゃないか」フリンが眉をひそめた。「もっと飲みたいのか？」

「ペリエはある？」

「ペリエは酒じゃない」だが彼は冷蔵庫へ行って、炭酸水のボトルを持ってきてくれた。栓をひねって開け、ハイボール用のグラスまで出してくれる。

「君の希望を尊重しよう」

　フリンがサブリナの両肩に手を置き、凝った筋肉をもみほぐした。彼女は、気持ちよさにうめきたい気分とその場で凍りつきそうな気分とに引き裂かれた。ルークが言った〝情事のお誘い〟という言葉が頭にこびりついている。

　フリンの手が肩を離れると、サブリナは震える手でグラスに炭酸水を注《つ》ぎ、ゆっくりとひと口飲んだ。そして、彼の計画について思っていることを話した。

「きっとうまくいかないわ」

　フリンの眉間のしわが深くなる。

「もしもあなたが十人いて週に八十時間働いたら、社員を半分失っても埋め合わせができるかもしれない。でも現状では、たとえゲージとリードと私が、あなたとともに仕事を二倍に増やしても、社員が全員去った会社は生き残れないわ」

「つまり、彼らの要求どおりに僕が去るべきだと言うのか？」

「休暇だってば」彼女は笑いながら言った。「話をちゃんと聞いたでしょう？　数日か数週間、肩の力を抜いて仕事以外のことをするのよ」

「父はこの会社を一から築きあげた。どうして僕は一心不乱に働いているのに状況がよくならないんだろう」

「役員たちは変化に戸惑っているのよ。あなたがその場にいなければ、彼らにもあなたの正しさがわかるようになるかもしれないわ。もしも彼らがあなたに身のほどを思い知らせるつもりなら、きっとうまくいかないでしょうね」

「経営について誰かに口を出されたりしたら、父なら死んでいただろうな」

フリンが社内で自分のアイディアを実現させようとすると、必ずエモンズにとめられた。そして今は自分の思いどおりにできるはずなのに、エモンズの同類にとめられているとは。

「あなたはお父様ではないし、マックやベリンダ、そして〈モナーク〉社はエモンズのやり方でないと経営できないと信じている誰かのために、お父様になる必要もないのよ」

フリンが唇を引き結んだ。

「こんなあなたを見るのはいやなの。私にお説教されるなんてうんざりでしょうけど、手綱をゆるめないと本当にまいってしまうわ。心臓発作を起こすとか――」

「癌《がん》にかかるとか？　僕は三十歳だよ、サブリナ。病気に命を奪われるような年ではない」

サブリナはたじろいだ。フリンが死ぬことを想像して気分が悪くなる。彼女はもう一度、さらに誠意をこめて説得を試みた。

「あなたが恋しいわ。昔のあなたが。仕事を終わりにしてプライベートな時間を楽しむことを知っていたあなたが。今のあなたは……まるでロボットよ」

彼の表情は険しいままだ。

「大学のパーティから千鳥足で帰ったり、聖パトリックデーにパブに行ったり、ひと晩じゅうポーカーで遊んだりしたことを思い出して」

「君が負けたのに金を払わなかったことを思い出したよ」

「あれはストリップポーカーで、あの場に女性は私ひとりだったじゃない！」

「あれはリードが言いだしたんだ」フリンが微笑んだ。「でも尻込みしなくてもよかったじゃないか。君の下着姿は見たことがあったし」

「あなたはそうだけど……リードとゲージは見たことがないわ」

サブリナは頬がほてるのを感じた。そう、フリンには下着姿を見られたことがある。寮の部屋で、彼が私を起こしに来たときとか、パーティに出かけるために着替えているときとか。だけど、それは別の話だ。

彼女は紅潮した頬を両手で隠した。「あのころがなつかしいわ。私たち、どうなってしまったのかしら」

「成長した。働き始めた」フリンはサブリナの手を親指でさすりながら、じっと彼女を観察している。

「このところ、疎外されているように感じていたなら、謝るよ」

感情の塊が喉につまった。サブリナはうなずき、まばたきをして涙をこらえた。ずっと放っておかれたような気がしていた。職場で彼に会うことと、たまに仕事のあと食事をすることで、気持ちをなだめてきたけれど、充分ではなかった。

「私たちは切っても切れない仲よね」

「ああ」

「最後に時間をとって自分の好きなことをしたのはいつ？」

「だいぶ前だ」フリンが認めた。

「私も同じよ。また絵を描きたいんだけど、時間がなくて」サブリナは暖炉と、彼がそこにかけた申し訳程度のアートを見た。「あの命の宿っていない絵をサブリナ・ダグラスのオリジナル作品と取り替えたいわ」

「自転車に乗った道化師？　アイスクリームのコーンの上でバランスをとる象？」

「サーカスを描くのは卒業したわ。このスペースがあればキャンバスを一枚か二枚置けるわね」

彼女は手を引こうとしたが、フリンは放そうとしなかった。ブルーの目でサブリナの目を見つめ、彼女を手をぎゅっと握る。

「考えておくよ」

「私の頼みはそれだけよ」

今のところは。

5

フリンはリビングルームのソファで横になり、ガラスの天井を見つめながら、サブリナが言ったことをじっくりと考えた。星々が輝く濃紺のキャンバス。彼女が絵を描いて、うちの暖炉の上にかけたがりそうだ。

ソファの上から首をめぐらせ、モノトーンのアートを見た。サブリナの指摘どおり、味気ない。自分の日常に、人生に、多少は色があったほうがいい気がする。モノトーンやどぎつい赤以外の色が。サブリナのような色……そう、みずみずしい黄色や柑橘《かんきつ》系《けい》のオレンジがいい。そう考えて彼は微笑《ほほえ》んだ。

このペントハウスからエモンズ・パーカーの痕跡

をすべて取り除いても無駄だ――自分自身が父そっくりに変身しているのでは。

このままではいけない。サブリナの言うとおりだ。かつて、僕は自分の好きなことをするために時間をつくっていた。週に六十時間以上働いたりせずに。

昨年は、テイクアウトの食事やら報告書やら会議やらのぼんやりした記憶しかない。腹を手で撫《な》でてみる。腹筋は以前のようにくっきりと浮きでていないし、鏡を見ると目も輝いていない。ぐっすり眠れないせいで目の下にはくまができている。

サブリナがここに来てくれたおかげで、自分は何を恋しく感じていたかを思い出した。彼女の存在だ。そして今、サブリナは僕を会社から連れだすために一緒に休暇をとろうと言ってくれている。

彼女は何年ものあいだ、僕のためにさまざまなことをしてきてくれた。だから、少なくともサブリナの言うことには耳を傾けられる。昔の僕が恋しいと、彼女は言った。それはつまり、僕は父のような辛辣で冷酷な人間へとまっしぐらに向かっているということだ。

その明白な真実が、決断を後押しした。

月曜の朝いちばんに、三人の親友を招集しよう。戦略会議を開くのだ。僕が不在でも会社がつぶれることはないとわかれば、仕事から離れることができる。僕が実行したことをマックに無効にされないよう、ゲージとリードに注意してもらえば、本当に肩の力を抜くことができるはずだ。

僕は父のやり方で会社を経営しようとしていた。何が大切か見きわめる目を失っていた。

それを取り戻すときだ。

〈モナーク〉社の月曜の朝は、先週と変わらないように見えた。フリンが役員休憩室でコーヒーを注《つ》いでいると、ゲージが入ってきた。

「おはよう。もう自分を首にしたか？」

「まだだ」フリンはカウンターに寄りかかった。

リードもふらりと入ってきた。「おはよう」

フリンはうなずき、ゲージは敬礼した。

「すごく魅力的な女性が出てくる夢でも見たのか？」リードはマグカップをすすいで水切り台に置くと、エスプレッソマシンのほうへ移動し、コーヒーをつくり始めた。

フリンは信じられない思いでリードを見つめた。リードに心のうちを読まれてしまった。

「ああ」フリンは答えた。「顔を見ないうちに目が覚めたが」

「完璧だ」リードがうなずいた。「相手が誰かわからないほうがいい」

週末はソファで寝た。主寝室に八千ドルの新品のベッドがあるにもかかわらず。鮮やかな官能的な夢は、太陽が顔を出した瞬間に薄れ始めた。相手が誰かわかるまで引きのばそうとあがいたが、無駄に終わってしまった。

「どこまで行った？」リードが尋ねた。フリンが問いかけるような目を向けると、彼がつけ足した。「夢のなかで本当に寝たのか？　それともおあずけをくらったままか？」

「そこまで進まなかった」フリンは答えた。さあこれからというところで終わってしまったのだ。

「やれやれ」リードが頭を振った。「おまえに女性を紹介してやらないとな」

「ああ」ゲージがリードのエスプレッソを押しのけて自分の分をつくり始めた。「これだけストレスの多い仕事をするには、セックスなしでは無理だ。ステファニーの友達でも紹介しようか？」

「ステファニーとつきあうのはやめたんじゃなかったのか？」リードがフリンの隣でカウンターに寄りかかった。

「ああ、やめた」ゲージがミルクをスチールのカラフェに注いだ。「とはいえ、険悪になったわけじゃない。単に終わっただけだ」

「おまえが終わらせたんだな」フリンは言った。

「楽しいときを過ごすのに真剣になる必要はない。その点、おまえは……」ゲージはフリンに向かって大きくうなずいた。「最近、まじめすぎるんだよ」

「よくそう言われる」

スチーマーがミルクを泡だてる音が部屋に響き渡る。ふとフリンの記憶のなかに、ぼんやりとした金色のイメージが浮かんだ。謎の女性が太陽を背に受けて立ち、その顔が暗い影になっている。目を閉じて、なまめかしい声を持つその女性の顔を見ようとしたが、消えてしまった。こんな鮮明な夢は今まで見たことがなかった。

「おまえが会議を招集したから来たんだ。どこでやる？」ゲージが尋ねた。

「そうだ」リードが背筋をのばした。手には華奢《きやしや》なエスプレッソのカップを持っている。「議題は？　引退して親父《おやじ》さんの金で暮らすのか？」

「父から受け継いだのは会社と不動産だけだ。現金が銀行に転がっているわけじゃない」

「がっかりだな」ゲージが頭を振った。

「もし金があったとしても仕事はやめないだろう？」リードが尋ねた。

「僕ならやめるね」ゲージは肩をすくめた。「自分の時間を使ってすることをほかに見つける」

「たとえば？」サブリナが携帯電話を手に入ってきた。「どのバリスタが私にカプチーノをつくってくれるのかしら？」

「ゲージだ」リードが答えた。

ゲージが言い返し、リードが何か反論した。フリンは聞き損ねた。なぜなら、夢のなかの顔がくっきりと形をとり、その衝撃に打ちのめされていたからだ。

　金色の光が薄れ、女性が僕の上から身をかがめてくる。僕が女性の乱れた髪を顔から払いのけると、彼女の口が開いて歓喜の声がもれた……。

「なんだこれは」

　バリスタ争いがぱたりとやみ、全員の注意がフリンに向けられた。

「何？　どうしたのよ」

　サブリナが小首をかしげ、その長い髪を——フリンの夢に出てきたのと同じ、長い黒髪を——肩の後ろへと流した。その瞬間、欲望が太い材木となってフリンに殴りかかった。

　まさか。

　だめだ。いけない。絶対に。理性は彼をきつくたしなめるが、体の意見は違うようだ。

　フリンの目が彼女の赤いワンピースを見てとり、喉もとにさがる細い金のチェーンに注がれた。リードが何か言い、それに反応して笑うサブリナの子猫のような声が耳に心地よい。そのとたん、フリンの下腹部が、まるで深い深い眠りから目覚めたようにうごめきだした。

「フリンが私のカプチーノをつくるべきね。そうしたら自分のもつくれるでしょう」

　サブリナが気どった歩き方で近づいてきた。爪先のとがった黒のハイヒールをはいている。彼女にマグカップを取りあげられ、フリンは硬直した。体じゅう、余すところなく。

「中身は何かしら？」

　サブリナがかすれた声で言うと、フリンの理性は吹き飛んだ。彼女は僕のズボンのなかの話をしているのではない。マグカップの中身の話をしているのだ。

　サブリナがひと口飲んで、鼻にしわを寄せた。

「冷めているわ。全員、カプチーノを飲んでから始めましょう。いいえ！　ここで会議をしてもいいんじゃない？」彼女はマグカップをシンクに運んで中身を捨てた。「あそこのほうがずっといいわ」

〝あそこ〟とは、革のソファや椅子が集まっている一角だ。フリンはそれらの家具に目の焦点を合わせた。サブリナは親友なんかではないという途方もない考えを振り払いたい。彼女には疎外感を味わわせるというひどい仕打ちをしてしまった。そのうえ、欲望にたぎる目で見るわけにはいかない。

だが、〝そのうえ〟という言葉で、夢のなかでサブリナがどこにいたのか思い出してしまった。僕の上だ。

フリンは引きつった笑みを浮かべてエスプレッソマシンのところへ行った。両手をふさいでおきたかった。「全員カプチーノだね」

四人は役員用休憩室でカプチーノを飲み終え、ゆったりと座っていた。革張りの椅子に座ったリードが頬杖《ほおづえ》をつき、目を細めて考えにふけっている。フリンは、休暇中に自分が対処する必要がある事項をリストにしていた。ゲージはフリンと向かい合った椅子に座り、携帯電話に何かを打ちこんでいる。サブリナは向かい側のソファに腰をおろし、ノートに何か書きつけていた。彼女は会議の前に、そのノートをとりに自分のオフィスへ行ったのだった。

サブリナの姿が目の前から消えたおかげで、フリンは自分を落ち着かせることができた。サブリナが戻ってくるころには、再び同僚かつ友人として彼女を見ていた。三杯目のカプチーノよりセックスが必要な男ではなく。

「春は繁忙期だから……」フリンは無意識のうちに続けたが、サブリナがノートとペンを置いてハイヒールを片方脱いだ瞬間、何も考えられなくなった。彼女が脚を組み、土ふまずをマッサージする。彼はその動きを見つめた。長すぎず短すぎない赤い爪に、目が釘《くぎ》づけになる。自分の声がくぐもって聞こえた。サブリナがまたハイヒールをはくために身をかがめた。ワンピースの襟もとが開き、胸の谷間がよく見える。今朝見た夢が弾丸のように脳裏に戻ってきて、思わず大きく息を吸いこんだ。

僕の上にいるサブリナ。

彼女の赤い唇が開かれて僕の名前を呼ぶ。

彼女の長い髪が胸にかかってその先端を隠す。

そこはピンク色だろうか？　くすんだ褐色？　それとも……。

「繁忙期だから、何？」リードが膝に肘をつき、身を乗りだして尋ねた。

フリンははっとしてリードのほうを向いた。「すまない。どこまで話したっけ？」

「〝春は繁忙期だから〟というところまで」

「五月だ。五月に休みをとろうかと」僕はいったいどうしたんだ？　このまま過労で倒れるのか？

「五月ですって！」サブリナが叫んだ。夢のなかの穏やかな低い声ではなく、甲高い不服そうな声だ。「五月まで放置できないわ。休暇は今すぐとらないと」

彼女のいかめしい声が蝶《ちょう》の羽のようにフリンの心をかすめた。ずっと前からサブリナのことを知っているのに、胸の先端が何色かなんて考えたことは一度もなかった。彼女に胸があることには気づいていたし、サイズを推測したこともある。ビーチでビキニを着たサブリナにほかの男たちが視線を注いでいることにも気づいていた。だが、自分自身の快楽のために頭のなかで彼女を裸にしたことはない。

サブリナは親友だ。彼女の胸の先端の色を想像するなんて、思いもしなかった。

中華料理を分け合って食べた金曜から、サブリナが全裸で僕の名前をささやく夢を見て目覚めた月曜までのあいだに、どうしてそんなことになったのか、皆目見当がつかない。

彼女が言ったとおり、父の死にちゃんと対処できていないのかもしれない。父が亡くなり、僕はひとりになった。十五で母を亡くし、裏切りによって兄を失い、同じころ父を亡くした。僕には誰もいない。

この部屋にいる三人以外には。

彼らをがっかりさせることはできない。会社の経営から手を引くならば、ある種の保証が必要だ。それが、この会議を開いた理由だ。さもないと〈モナーク・コンサルティング〉社はタイタニック号のように沈んでしまうだろう。

フリンは汗ばんだ額をぬぐい、自らを立て直そうとした。簡単ではなかった。サブリナが口を開き、まっすぐ彼女を見るよう強いられたからだ。

6

「どうかしたの?」サブリナは尋ねた。

フリンは少し混乱しているようだ。視線は一箇所に定まらず、彼女の顔からゲージの顔、リードの顔、自分の膝へと動き、そしてまた同じコースをたどる。コーヒーを飲みすぎたのだろうか?

「五月なんて二カ月も先だぞ」ゲージが言った。

サブリナはほっとした。フリンの様子がおかしいことに気づいたのは自分だけではなかった。

「だから?」

「僕らが業務を引き継ぐのに二カ月もかからない」

ゲージは携帯電話を横に置き、椅子の端に腰かけた。

「それくらいの能力はある」

「今朝、ローズに私の休暇予定をメールしたわ」サブリナは人事部長の名前を出した。「休みは来週の月曜からよ」

「休暇予定？」リードが彼女に言った。「君はここにいて、マックたちとの戦いに加勢してくれないのか？」

「私の担当はデザインとソーシャルメディアよ。私の仕事は、オフィスを離れていてもまったく問題ないわ。緊急事態が起こったら連絡するよう部下に言ってあるし」

「金曜の夜、君は仕事以外のことをしろと僕に説教したよね。それなのに君は、緊急事態には対応するって部下に約束したのか？」フリンが言った。

「金曜にふたりで出かけたのか？　僕は誘われなかったぞ」リードが眉をひそめた。

「わかったわよ。私も電話とメールは無視するわ」サブリナはフリンに言ってから、ほかのふたりに説明した。「フリンの味気ないアパートメントで、テイクアウトの中華料理を食べたのよ」

「ペントハウスだ」フリンが訂正した。

「ごめんなさい。味気ないペントハウスね。休暇は引退とは違うって説明するためよ」

「どうして僕らが誘われなかったのか、まだ納得いかないな」リードがゲージに顎を向けた。「おまえ、金曜の夜はどこにいた？」

「妹が恋人にふられたから慰めていた。僕はどのみち行けなかったよ」

「僕は行けたのに」

リードが腕組みをした。わずかにウエーブがかかった黒髪に、頑固そうな顎。豊かな唇に、ブルーの目。十歳の子供のように駄々をこねているが、相当魅力的な男性であることは確かだ。

「リード、これはあなたの話じゃないの」サブリナはため息をついた。「フリンが以前とどれほど変わってしまったかという話よ。正直に言って今のフリンは、かつて親友となったフリンとは別人でしょう？　もしあなたが彼と結婚していたら、今ごろカウンセリングを受けているわ」

「誰と結婚しようが、僕はカウンセリングを受けることになると思うがね」リードが皮肉を言った。

ゲージは笑ったが、サブリナが我慢強く同意を求めると、まじめな顔になった。

「サブリナの言うことには一理ある」ゲージがそう言うと、フリンは彼をにらみつけた。「聞けよ。ベロニカが……いなくなってから、おまえはどうかしてしまった。彼女とジュリアンがおまえの背中を刺し、股間を蹴飛ばしたことはわかっている。親父《おやじ》さんが亡くなったのも痛手だったんだろう。親父さんとはうまくいっていなかったし、いつまでも悲嘆に暮れているはずはないと自分で思っているのだろうが、おまえは悲しみから抜けだせずにいるんだよ」

「同感だ」リードが割りこんだ。「認めるのは悔しいが、サブリナの言うとおりだよ。葬儀以来、おまえは親父さんが生き返ったみたいなふるまいをしている。正直に言って、おまえと一緒に働きたいやつは誰もいないさ」

「だったらおまえが経営してみるか？」フリンが声を荒らげて言った。

「おう、任せろ」リードがひるまずに言い返した。

「そのあいだ、おまえはサブリナと絵を描いたり、裸馬に乗ったり、なんでも彼女の言うとおりにすればいい」

「〝二十二歳のときにしていたこと〟」サブリナが得意げに言った。「それがフリンと私がすることよ。学生時代みたいな暮らしをするつもり」

「はき古した靴下のにおいがする、狭苦しい寮の部屋で？」ゲージが言った。

彼女は無視した。「学生時代のことを、フリンに思い出してもらうつもりよ。ベロニカに会う前のことを。太平洋岸北西部で最大のコンサルティング会社を経営するなんて思ってもいなかったころ、六百ドルの靴を買う余裕なんてなかったころのことを」フリンが彼女の靴にしばし視線を向け、そして彼女の目を見た。「ひとりずつ車を持てなくて、みんなで一台を共有していたころのことを。私たちは高価なスポーツカーや高級なコーヒーやオーダーメイドの服を手に入れた今よりも、まともな人間だったわ。働き蜂になってしまった今よりも」

「僕は働き蜂じゃないぞ」ゲージが反論した。

「僕もだ。そんなふうに言われるのは心外だな」リードがシャツの袖をのばした。「学生時代は楽しかったが、あれをもう一度やる気はないね」

「だから休暇にあなたたちを呼んでいないのよ」サブリナは言った。「あなたたちは仕事と遊びのバランスを上手にとっている。だけど私はとても下手なの。フリンもよ。私は絵を描く必要があって、フリンは〈モナーク〉社の経営以外の何かに集中する必要がある」

フリンの目尻のしわと不機嫌そうにゆがんだ口にストレスが表れていた。彼は休暇をとること自体には同意している。あと軽くひと押しすれば、月曜からとらせることができるだろう。

「フリン、リードとゲージを信頼して。あなたが離れても〈モナーク〉社はつぶれたりしないわ。月曜から休暇に入りましょう。私と一緒に」

サブリナが手をのばしてフリンの膝に置くと、彼の鼻孔が広がった。彼女を見るフリンの目には、いらだちや怒りは見えないが、何かに気づいているようだ。それを見て、金曜の夜に彼を見たときの自分の反応を思い出した。

「僕のカレンダーに入れておこう」ゲージが携帯電話を取りあげた。「《フリンとサブリナの……休暇》。

これでよし」ゆっくりと口にしながら打ちこむと、画面を見せた。「ところで、月曜はバレンタインデーだぞ」

「知っているわ」サブリナはにやりとした。「フリンと私は出かけるつもりなの」

「バレンタインデーに？」リードが驚いたような声をあげる。「その日は慎重に取り扱うべきだ。独身の男はみんな、バレンタインデーが地雷原だと知っている。君は何をするつもりだい？　フリンを高級レストランのディナーに連れていって、そのあとふたりでベッドに入るのか？」

サブリナは気まずい笑いをもらし、フリンを見た。彼はまるで近くで手榴弾《しゅりゅうだん》が爆発したかのような顔をしていた。肩は丸まり、顔は恐怖のあまり引きつっている。どうやら私は、さっきのフリンの表情を読み間違えたようだ。

「そんな怯《おび》えた顔をしないで」彼女はうめいた。「一緒に寝る相手として、私はそんなに悪くないわよ」

フリンがてのひらで目をこすった。

「僕は喜んで君と寝るよ、サブリナ。何年も前からそう言っているじゃないか」リードが言った。

「お断りよ」

サブリナはリードの誘いにあきれて天を仰いだ。ゲージやリードとベッドをともにするとか、キスをするとか、ロマンティックな関係になるなんて想像できない。このふたりは兄弟のようなものだ。

そのとき、フリンと目が合った。恐怖に満ちていた表情は消え、今はただサブリナを見ている。

フリンは……兄弟とは違う。

だけど、彼とのあいだには深い友情がある。バレンタインデーにフリンと出かけるのは楽しいだろう。新しい思い出をつくれるはずだ。お互い、相手がいない時期が重なったことはなかった。

今までは。

サブリナはその考えにとらわれ、思わず目をしばたたいた。

「つまり、フリンとデートをするのに、デートとは言わないわけか？」

土曜の朝、弟のルークがサブリナの家にドーナツを持ってきた。彼女はクルーラーをふたつに裂き、コーヒーに浸した。

サブリナのアパートメントは街なかにあり、フリンの家からも遠くないが、彼の住まいとは天と地ほどの差があった。フリンの家は味気ないペントハウスだが、サブリナの住まいはごてごてと飾られたロフトで、心安らぐものがふんだんにつめこまれている。赤い人工皮革のソファが、金と赤のラグの上に置かれ、片側にチェック柄の毛布がかけられていた。壁にかかった絵のひとつはサブリナ自身が描いたものだ。猫の頭にふくろうがのった風変わりな絵は、見るたびに頬がゆるんでしまう。今ルークとふたりで座っている、クリーム色の五〇年代風の椅子は、ごみ置き場から救いだしたあと自分の手で張り替えたものだ。

「フリンはペントハウスという不毛地帯に住んでいるけど、窓からの眺めはここより百万倍いいわ」サブリナは窓から近くのれんがの壁を見て顔をしかめた。

コの字型をした建物と、蔦《つた》の這《は》うれんがの壁にひと目惚《ぼ》れをしてこの部屋を借りたのだが、今は日暮れの眺めがほしかった。日の出でもいい。だが実際は、一日にほんの数時間、ごくわずかな光がキッチンの窓から差しこむだけだ。

「金持ちはたいていそんなもんさ」ルークがにやりと笑う。

「あなたには大金を稼いでやろうっていう野望がな

いみたいね」

「あるよ。インスタグラムでね。いつになるかはわからないけれど」

ルークは定期的にジムでの自撮り画像を投稿している。割れた腹筋とまぶしい笑顔が女性を惹《ひ》きつけるのは間違いなかった。

「大金を稼いだら、ペントハウスに住んで私を招待して、ドーナツをごちそうしてくれる？」

「いや。僕は何百エーカーもある広大な土地に住んでリャマを一頭飼うつもりだ」

「リャマですって？」サブリナは眉をつりあげた。

ルークがにやりとする。彼女は頭を振った。私にとってルークはやっぱりただの弟だ。多くの女性がどう思おうと。

「フリンとのバレンタインデー・デートの話を聞かせてくれ」

ルークが白い紙箱からエクレアを選んだ。サブリナは迷った末、またクルーラーをつかんだ。

「デートじゃないのよ。女友達とバレンタインデーに出かけるようなものなの。カミーとかと」

「へえ、カミーね」ルークが眉をつりあげ、悪魔のように微笑《ほほえ》んだ。

「だめよ。あなたが私の友達とデートするのは禁止。それって変だし気まずいし……とにかくだめ」

それに、カミーは昨年シカゴに引っ越した。近くに女友達がいないのは寂しい。

「フリンは姉さんとデートするじゃないか。彼は僕の友達だ」

「私たちはデートするわけじゃないんだってば。それに、フリンはあなたの友達ではないでしょう。ただの知り合いだわ」

ルークがむっとして口をとがらせ、エクレアにかじりついた。

「それに、お上品な高級レストランへディナーに行くわけじゃないし。〈パイクプレイス・マーケット〉に行って朝食をとって、チーズ店で試食して――」

「今、チーズ店って言った？」

「それから空中ぶらんこのショーを見て終了よ」そこがいちばん楽しみだ。

　ルークがしかめっ面をした。

「きっと楽しいわ」

「なんか古くさいな」

　サブリナは弟の腕にパンチを見舞った。

「学生時代を再現するってことか？」

「学生時代の気持ちを再現するのよ」

「点数をつけると」彼は立ちあがり、コーヒーのポットをつかんでふたりのマグカップにお代わりを注《つ》いだ。「そのデートはロマンティックとはほど遠い。五十点だ。フリンはただの友達だな」

　サブリナはむっとした。フリンとだって、何度か視線が絡み合ったり微妙な触れ合いがあったりしたのだ。ロマンティックではなくても、少なくとも官能的に感じられた。だが彼女は弟には話さず、心のなかにとどめるだけにした。

「そのとおりよ」

7

バレンタインデーは気温が十度までさがり、冷たい雨が降っていた。気象予報士によれば、体感気温は三度だそうだ。でもかまわない。サブリナはフリンを説得して、休暇を月曜から――今日から――始めることに成功した。なんとしても親友を殻から引っ張りだす。そして私も楽しむのだ。

手始めは朝食だ。ふたりは、人々が行き交う様子が見える窓際のテーブル席についた。彼女はまずカプチーノとオレンジジュースと水を頼み、フリンはコーヒーを注文した。そのあと、ふたりはワッフルを頼み、彼はさらにベーコンのソテーを追加した。

飲み物が届くと、サブリナは言った。「リラックスすることに慣れるまで、しばらくかかりそうね」

「リラックスしているよ」彼は不満げに言い返し、コーヒーの入ったカップを口もとに持っていった。

「そうね。肩は耳たぶにくっつきそうだし、顔は不機嫌そうにしかめられているから、すごく説得力あるわ」

フリンが無理やり肩をおろし、眉間のしわをゆるめた。

「整理しなければならない感情があることを認めていいのよ。お父様のことを話してもいいの。ベロニカとジュリアンのことだって」サブリナはカプチーノをかきまわし、ひと口飲んだ。そして、心の奥をさいなんでいる質問を口にした。「ベロニカが恋しい？」

彼が息を吐いてテーブルに乗りだし、腕組みをした。誠実なブルーの目でサブリナを見すえる。

「いいや。恋しくない」

答えるまで一瞬、間があった。サブリナは深く息を吸いこみ、肩の力を抜いた。フリンの婚約中も、結婚式のときも、そしてそのあとも、私は彼のそばにいた。フリンの変化を見つめ続けてきた。彼がさんざん利用されて捨てられるのを見たときは、心が砕けたものだ。

「私も恋しくないわ」

フリンがにやりと笑い返した。

「彼女には好かれていなかったし」

「好かれていたよ」

「もう嘘《うそ》をつく必要はないわ。彼女はここにいないんだから」

彼が小さく笑いをもらした。ああ、フリンが昔のように屈託なく笑う声を聞きたい。彼のいろいろな面が好きだけれど、いちばん好きなのは笑い声だ。

「これからあなたと出かけるのが楽しみだわ。私がずっと気にかけてきた人は、ルークを除けばあなただけかも」

「デートをしても友情は壊すべからず？」

「ええ」サブリナはにっこりしたが、ふいに笑みが薄れた。「私たち、デートする気になったことはなかったわよね」

フリンがカップを掲げ、ウインクをした。「今まではね」

「私たちはいつもお互い別の人と交際していた。だから私たちはつきあわなかったんだと思う？　それとも、深くかかわるのを避けていたのかしら？」

「いつも誰かと交際していたわけじゃない。僕はひとりの期間も長かった」

「そうね。でも私がひとりでいる期間とは重ならなかったわ」それは確かだ。「あなたのリストを確認してみましょうか」

「僕のリスト？」

「あなたが大学一年のときから今までにつきあった

女性のリスト」

「そんなこと、覚えていないよ」彼が顎をさすった。

「私は覚えているわ」

「ひとり残らず？」

「ずいぶん無駄な情報を頭にしまっておくんだな」

「だって頭に入っているんですもの。いくわよ。最初はアンナ・ケリー」

「アンナ・ケリーは勘定に入らない」

「あなたと私が初めて会ったとき、あなたはアンナ・ケリーとつきあっていて、私はルイス・ワトソンとつきあっていたわ」

「ルイスか。なつかしいな」

「私たちはあの……」

「悲惨なダブルデートをした」フリンがあとを引きとった。「ルイスは政治の話しかしなかったな」

「そしてアンナが彼を誘惑したのよ！　そして私は、ルイスと別れてフィリップとつきあい始めた」

「フィリップはばかなやつだったな。そうか、ちょうど僕がマーサ・ブライアントとつきあっていたときだ。だが三週間かそこらで、またイニシャルがMの子とつきあい始めた……メリッサだっけ？」

「マーフィーよ。変わった子だったからといって、覚えていないふりをしないで」

「ああ、たしかに変わっていた」

「けっこう長く続いたわよね」

「せいぜい二、三カ月だ。あのころはちょっと変わった子が好きだったんだ。そして次はジャネット・マーティネスとつきあった」

その名前が彼の口から転がりでると、サブリナは気分が悪くなった。「美人だったわよね。彼女は本当に水着モデルになったのかしら？」

「ああ。健康雑誌の表紙に載った。最後に会ったときはロサンゼルスに住んでいたよ」

「いつ会ったのよ。聞いていないわ」お門違いの嫉妬に駆られる。

「何年前だったか、たまたま街にいたんだ。それで、〈モナーク〉社に仕事を依頼してきた」

「なんのために？」

「彼女は、サーフボードをつくる会社を所有しているんだ」

「まあ。私はそんな興味深い人とつきあったことはないわ……レイ・ベル以外」

「あいつは興味深くなんかなかったぞ」

「興味深かったわよ！」

「あいつは君にふさわしくなかった」

「ジャネットもあなたにふさわしくなかったわ」

「だからテレサとつきあいだしたんだ」

「私はレイにふられたあと、マーク・ウォーカーとけっこう長くつきあったわ」

「あいつとはお似合いだと思ったよ」

「私もテレサはあなたにお似合いだと思った。頭がよくて、おもしろい子だったもの」

「だけど彼女が僕とつきあったのは、リードに近づくためだった」

「リードは彼女を相手にしなかったのよね。それでこそ親友だわ」

「ああ」フリンがコーヒーをしげしげと見た。「ベロニカとこういう結果になることを予見できていたらと思うよ。彼女には不意を突かれた」

「本当に」

そのときのことはサブリナもこの目で見ていた。当時、フリンはテレサと別れたばかりで落ちこんでいた。ゲージも婚約を解消したところで、フリンに負けないくらい腑抜《ふぬ》けになっていた。リードはそんなふたりを元気づけようと、ある夜、パーティに連れていった。そこでフリンはベロニカと出会ったのだ。彼女はするりとフリンのふところに入りこみ、彼に必要なのは自分だと確信させた。

サブリナは悲しかった。途方もなく腹が立った。ベロニカの仕事は自分以上にフリンを愛することなのに、どうして見捨てられるのか。

「私、本当に彼女が嫌いだわ」サブリナは唇をぎゅっと噛《か》みしめた。そんなことは言うべきではなかったと後悔する。「ごめんなさい」

「謝らなくていいよ」

ワッフルとコーヒーのお代わりが運ばれてきて、話が中断した。香ばしくておいしそうなベーコンのソテーが来ると、フリンはそれをいつものようにテーブルのまんなかへ移動させた。サブリナはベーコンを注文しない。ヘルシーではないし、豚に申し訳ない気持ちになるからだ。だが、彼はそんな罪悪感は覚えない。そしてサブリナがひと口かふた口は食べるのを知っていて、いつも分けてくれるのだ。

「誰だろうと嫌いなやつは嫌えばいいさ」フリンはベーコンをひと切れを食べると、ありがたいことに話を変えた。「僕だってクレイグが嫌いだ」

「クレイグ・ロスね」

クレイグとつきあったのは、レイとの破局から気をまぎらすためだった。だがすぐに、クレイグはどうしようもないナルシストだと気づいた。そして、つきあい始めてまだ間もなかったが、彼をふったのだ。

「あなたがベロニカと結婚しているあいだ、私はほとんどひとりだった。でも、私とあなたが同時にフリーになるのはこれが初めてね」

「でも君はデートしていたじゃないか」

「真剣じゃなかったわ」

「その意味は？」フリンはそう言うと、ワッフルにシロップをかけた。

「意味って……言葉どおり、真剣じゃなかったという意味よ」

「結婚の意思はなかったってことか」

「まあ……ね。ほかにもないものがあったけど」

「セックス？」

少し声が大きすぎる。

「しいっ！」

セックスや恋愛の話は山ほどしてきたけれど、彼の体がいつになく意識される今、そういう話題はどこか恥ずかしい。

「また間違った男性に愛着を感じたくなかったのよ。セックスをすると何もかもぼやけてしまうから」

「ゲージとリードは、セックスは魔法のようにすべてを解決すると思っている。でも君の言うとおり、そんなことはない」

それを聞いてほっとした。

「セックスは、これまでないがしろにしてきた感情をむきだしにするのよ」

サブリナを見つめるフリンの目の色が濃くなる。


「どういう意味だい？」意味深長な間を置いて、彼が尋ねた。

「アルコールが自白剤として働くのと同じように、セックスによって事実を直視させられるの。相手に対して惹《ひ》かれる気持ちがなければ、セックスをしても盛りあがらない。逆に相手に心から惹かれていれば、セックスはあらゆる感覚を高め、すごいものになる」

彼の頬が紅潮した。「すごいもの？」

「たまにだけれどね」サブリナはごくりとつばをのんだ。「相手も同じ気持ちでいるときだけ」

「それはたぶん相手が君だからさ」フリンがあいまいにつぶやき、ベーコンのスライスをつまんだ。

「これを食べるのを手伝ってくれ」

朝食の席でのサブリナの発言は、悪い前兆のようにフリンにつきまとった。

〝セックスは、これまでないがしろにしてきた感情をむきだしにするのよ〟

そんなことはないと思いたいが、本当のような気がする。これまで感じたことのない欲望を感じながら彼女を見ている今、それが実感できた。

「しかめっ面はやめて」サブリナがチーズの試食の合間にささやいた。

八組のカップルが、職人によってつくられたさまざまなチーズを楽しんでいた。案内役を務めるチーズ店の店員は、山羊《やぎ》のチーズを提供し始めたところだった。サブリナはそれで僕が顔をしかめたと思ったに違いない。

今朝まで、ふたりの恋愛年表を並べてみたことはなかった。それぞれがほかの相手とつきあっている時期の重なりについて話したこともなかった。

そこに気づくなんて変だ。

なぜサブリナは気づいた？

試食用のチーズがまわされるなか、フリンは彼女を見つめた。サブリナも自分のように官能的な夢を見たことがあるのか、自分を友達以上の何かとして考えているのか、見た目ではわからなかった。

あの夢を見て以来、彼女に対する見方が変わった。サブリナ・ダグラスは親友であって、恋人ではなかったはずだ。欲望を抱く相手ではなかった。

彼女は楽しげにハミングしながら、山羊のチーズをのせたグラハムクラッカーを食べている。フリンは腹の底がうずくのを感じた。生まれて初めて、サブリナをセックスの相手として意識していた。

それはつまり、自分がどうかしてしまったということだ。

頭は混乱しているが、下半身がきちんと機能していることにほっとする。妻を兄に奪われ、父を癌《がん》に奪われるというダブルパンチを受け、二度と屹立《きつりつ》することはないのではないかと不安だった。

あらためて考えてみるに、混乱していたせいで、僕の夢にサブリナが登場したのだろう。

サブリナは試食のあと、ワインが出なかったことについて文句を言った。「チーズと一緒にワインを出さないなんて、どうかしているわ」

彼女は一メートルほど前にいた。ジーンズとコンバースのスニーカーに、アーミーグリーンのジャケットを合わせている。ジャケットの丈が短いので、サブリナのヒップがよく見えた。

おまけに、ジーンズの下にどんな下着をつけているか、よくわかる。

「そう思わない？」

そのとき、サブリナがくるりと振り返った。髪が風になびき、幾筋かが唇にくっつく。フリンは二歩で彼女の前に来ると、無意識のうちに唇から髪を払ってやり、顎をくいと上に向けた。いけない考えが頭のなかで暴動を起こしている。

彼はごくりとつばをのみ、鋼のような意志の力でサブリナに触れるのをやめた。「君の言うとおりだと思うよ」

その声は砂利のようにざらついていた。

「あなた、話を聞いていなかったでしょう。仕事のことを考えていたの？」

「ああ」フリンは嘘をついた。

「どこかで手放さないと。衝動に身を任せるのよ」

サブリナは〝衝動〟という言葉を、美しく唇をすぼめて発し、目をきらきら輝かせた。血の通った男なら、誰でも罪を犯してしまうだろう。

そしてフリンも血が通った男なので、彼女の頭の後ろに手をまわして、唇に唇を押しあてた。

8

何？　何がどうなっているの？

フリンの鼻が自分の顔に密着している以上、答えは明らかだ。フリン・パーカーが私にキスをしている。

サブリナは衝撃に目を見開き、理性を総動員してこの瞬間を論理的に考えようとした。だが、彼と自分の唇が重なっている理由はまったくもって分析不可能だった。

時間の流れがゆっくりになった。

フリンの唇は力強くて引きしまり、ブルーベリーチーズの甘みがかすかに感じられた。彼のキスは甘美にして大胆だ。サブリナの膝から力が抜け、いつしかまぶたも閉じられていた。何も見えなくなると、自分に触れているフリンの体のありとあらゆる部分が意識された。

髪に差しこまれた彼の手。もう一方の手はジャケットの下の腰に置かれて、私をぎゅっと引き寄せている。無精ひげが顎を引っかく。そのとき、彼が低いうめき声をもらした。

サブリナははっとして顔を引き、唇を離して目を開いた。フリンの口はまだすぼめられ、彼女の唇のグロスがついたのか少し光っている。彼の眉がひそめられ、口もとがゆるんだ。目は、サブリナの髪をすきながら滑りおりる自分の手を追っている。

彼女は口を開いて何か言おうとしたが、吐息しか出てこなかった。話すことも、過剰に刺激された女性ホルモンをなだめることもできずに、フリンが何か話すのを待った。

「空中ぶらんこなんて見たくないな」彼が口を開い

た。

「え……ええ」サブリナは混乱した。

「チーズと空中ぶらんこのあいだはなんだったたっけ？」

彼女は思わず噴きだした。〝チーズ〟と〝空中ぶらんこ〟が同じ文にあるのもおかしいけれど、フリンのキスによって正気を奪われた自分もどうかしている。

こともあろうに、私はフリン・パーカーとキスをしてしまった。

「買い物よ」サブリナはかすれた声で答えた。

「何を買う？」

「ええと……なんでもいいけど」彼女は肩をすくめた。〝キス〟について話していないことに気まずさを覚える。「あの、フリン？」

「わかっている」

フリンが鼻梁《びりょう》をつまみ、落ち着きを取り戻すあいだを利用して、サブリナは彼を見つめた。ブラウンの革のジャケット、はき古したジーンズ、ブラウンの編みあげブーツ。とても頼もしくて有能に見える。フリンは私の親友だけど、最高にすてきな人でもあるのだ。

「さっきのは……何？」彼女は思いきって尋ねた。

フリンは一方の腕をあげたが、すぐに力なくおろした。

サブリナはおずおずと彼の胸に触れた。今度は目が合い、ふたりのあいだの空気が熱くなった。

「たぶん君は〝二度としない〟と言うんだろうな」

フリンがつぶやいた。

「どうして？　よくなかった？」つい官能的な声が出てしまった。きっと緊張のせいだ。

「僕にとっては悪くなかったよ」サブリナの唇を見つめながら、彼が顎をこわばらせた。「どうしてきいたんだ？　君はよくなかったのか？」

「なんだか変な感じ」最適な言葉ではないが、安全だ。「でも、悪くなかったわ」

「〝悪くなかった〟か。それならいい」フリンが眉をつりあげた。「どこで買い物をしたい？」

「そうね……」

「買い物をしたら、空中ぶらんこのショーはやめて、何かほかのことをしよう」

「たとえば？」

もっとキスをするとか？

「なんでもいい」

「ショーはディナー込みなの。こんな時間に予約のキャンセルができるかしら」彼が返事をしないので、サブリナは小突いた。「やっぱり私はショーが見たいわ」

「僕は仕事のメールを確認したい。誰だって希望がいつもかなうわけじゃないんだ」

「キスはできないし、私の希望もかなえてくれないの？」サブリナは顔がほころぶのをどうすることもできなかった。

フリンの口もともほころんで、ゆっくりと笑顔になった。こんな笑みを向けられたのは初めてだ。

彼があまりにも魅力的なので、サブリナは何も考えられなくなった。

「わかったよ。君の勝ちだ。ショーを見よう」

フリンは彼女の背中に手をあて、ふたりでいちばん近くの店へ向かった。彼の手が自然に離れると、サブリナは考えをめぐらせた。交換してほしいと交渉することはできるだろうか？　空中ぶらんこのショーと、もっとたくさんのキスを？

でも、それは間違ったことだ。

本当に？　心のなかで問いかけてみたが、答えは返ってこなかった。

「サブリナ・ダグラスと？」バレンタインデーに何

があったかフリンから聞いたゲージがきき返した。「ほかにサブリナという名前の知り合いがいるのか？」

フリンはグラスのビールを飲んだ。ダウンタウンにある〈チャズの店〉へ来たのは、ゲージとリードの希望だった。ここへはよく来る。父の葬儀を抜けだしたときも来た。フリンはその記憶を押しやった。頭のなかはすでにいっぱいだった。親友とキスをして、〝悪くない〟と言われたことなどで。

「うちの会社のサブリナ？」リードは尋ねたが、ゲージほどは驚いていなかった。

「そうだ」フリンはグラスをじっと見つめた。

サブリナを引き寄せ、キスで彼女に火をつけた記憶は、この一週間ずっと薄れることはなかった。七日前ではなく七秒前に起こったことのようにはっきり覚えている。自分の口に重なる彼女の口、てのひらを置いた彼女の腰、唇をくすぐる柔らかな吐息を、今でも感じることができた。

「そのあと、どうなったんだ？」ゲージが先を促す。「買い物に行って、空中ぶらんこのショーを見たあと、家まで送っていった」

「そしてベッドをともにしたわけか」リードがさらりと言った。

「違う。車で送っていっただけだ」

「そして戸口で行為に及んだんだな。通行人をものともせずに互いの服を破り捨てて」リードが再び言った。

「キスしたのは間違いだったんだよ」フリンは辛抱強く言った。「僕も彼女もわかっていた。彼女は僕の車をおりてまっすぐアパートメントに――」

「そして振り返って、もう一度キスをおねだりした？」リードは本気で当惑しているようだ。

「おい」ゲージがあきれた。「これはアドベンチャーゲームじゃないんだぞ」

「まったく、わけがわからない」リードはまだ眉をひそめて考えている。

「もう一回言う。何もなかった」フリンは言った。

「おまえってやつは、本当に〝楽しむ〟ってことができないんだな。気づいているか？」リードはそう言うと、ゲージに身を寄せてつぶやいた。「思っていたより重症だな」

「ああ」そう言うと、ゲージはフリンを見た。「それで、今はどうなっている？」

「バレンタインデー以来、顔を見ていないが、メッセージはやりとりしている」

「官能的なやつだな」リードがからかう。

「おまえ、いったいどうしたんだ？」フリンはぼやいた。

リードはフリンの質問を無視した。「彼女と寝るつもりがないのなら、早めに彼女との仲をもとに戻せ。彼女が会社をやめたりしたら、代わりを探さなきゃいけなくなる。サブリナは友達ってだけじゃない。僕らみんなが彼女を必要としているんだ」

「サブリナは会社をやめないよ。大丈夫だ。これからもオフィスで一緒に働かなければならないのだから、気まずくはなりたくない。だから、大騒ぎしないでくれ」

リードが鼻で笑った。

「僕は真剣に言っている」

「話を持ちだしたのはおまえだ。そういえば、おまえ、会社のメールアカウントにログインしようとしただろう」

「どうして知っている？」たしかに仕事のメールを三度確認しようとした。だが三度ともパスワードが間違っているというメッセージが出て、ログインできなかった。そのとき、はっとひらめいた。「僕のパスワードを変更したな」

「ＩＴ部門を僕に任せた以上、何を言っても無駄だ」

「完全に締めだされることには同意しなかったぞ」

「お代わりはいかが？」そのときウエイトレスが足をとめ、リードに目を向けた。

「お願いするよ、ラブ」リードがイギリス人の魅力をふりまいて答えた。

「あと、テキーラを一杯ずつ」ゲージが言った。

ウエイトレスはリードから引き離した目をゲージに向け、長々と見つめた。それから、フリンにお代わりはいらないかと尋ねた。

「僕はいい」フリンは言った。「ひと言忠告するが、こいつには近づかないほうがいいよ」リードを指さしてから、ゲージを指した。「そいつにもね」

ブロンドのウエイトレスが腰に手を置いてフリンに向き直り、胸を押しだすようにした。Vネックのシャツから胸があふれでそうだ。

「じゃあ、あなたならいいのかしら？」

「いや、だめだ、ラブ」リードが口を挟んだ。「わが友フリンは君には向いていない」

「あら、そう？　どうして？」彼女が甘ったるい声で言う。

「こいつはまじめすぎるんだ。君は楽しみ方を知っているだろう？」

「ええ、知っているわ」ウエイトレスはダークブラウンの目をいたずらっぽく光らせ、リードに向かって首をかしげてみせた。

「僕だって知っている」

「あら、どうしましょう」ウエイトレスはフリンに向かって言った。「まじめな人も好きなのよ。私はリーバ」彼女が手を差しだすと、フリンはその手をとって握手した。「今夜、私と一杯いかが？　仕事は十一時で終わるわ。明日は昼から出勤。つまり十三時間の空き時間があるってわけ」

リーバが唇に舌を走らせる。彼女が何をほのめかしているのか気づくのに、フリンはたっぷり十秒かかった。今夜のシフトが終わったら僕と寝たい、明日は昼まで僕と過ごしたい、ということだ。

「悪いけど、予定があるんだ」

フリンが手を離すと、リーバは少しきまり悪そうな表情で戻っていった。ゲージとリードがフリンをにらみつけた。

「いったいどうしたんだよ？」リードが信じられないと言いたげな顔で頭を振った。「彼女はその気になっていたのに」

「どうもしないよ。興味がないだけだ」

「彼女には、か」ゲージが補足した。

「誰にもだ」フリンはうなった。

「サブリナ以外はな」ゲージはそう言うと、リードと視線を交わした。

そのとき、フリンの携帯電話がポケットのなかで振動し始めた。画面の文字を見て、彼は椅子から立ちあがった。「ビールをごちそうさま」

「テキーラはどうするんだ？」リードが言う。

「リーバにあげてくれ」

「メッセージは誰からだ？」ゲージはわかってきている。

「サブリナだな」リードもわかっていた。

「僕のパスワードを戻しておいてくれ」フリンはリードに言った。

「あとひと月はだめだ」

「頼むから」

「どうする？　僕を首にするか？」店を出ていくフリンの背中に向かってリードが言った。

「サブリナによろしくな！」これはゲージだ。

ああ、まったく。

9

彼女は画面を見つめてフリンの返信を待った。

バレンタインデー以降も、彼との関係はいたって普通だったと思う。フリンが仕事をしていないことを毎日チェックしてから、自分も休暇を楽しんでいた……多少は。

イーゼルが立てられ、絵の具はキッチンテーブルに並んでいるが、キャンバスは乾いたままだった。インスピレーションが湧かないのだ。だから絵を描く代わりに、小説を読んだり掃除をしたりしていた。部屋はぴかぴかでちりひとつなく、向かいの部屋に住むミセス・アバナシーから借りた本もすべて読み終えた。ミセス・アバナシーはロマンス小説が大好きで、しばらく前に何冊か貸してくれたのだ。

親友とのわけのわからないキスのあとでロマンス小説を読むと、ついヒーローにフリンをあてはめてしまう。これまで彼は、若い人妻に夢中になる粋なスコットランド人、亡き妻の親友に胸を焦がすやもめ

ルークは街にいないし、家主にはドアベルを無視された。サブリナはこの二日間、水道の水なしで過ごしていた。同じ階のほかの部屋で普通に水が出ていることは、ノックをしてきいたから知っている。歯を磨いたり顔や体を洗ったりするのは、ペットボトルの水を使っているが、だんだんばかばかしくなってきた。

ついやけになって、フリンに長いメッセージを送った。料理をしたりシャワーを浴びたりしたいこと、ルークは留守で家主が職務怠慢であること、そして、一時間でいいから来てほしいということを伝えたのだ。

めの芸術家、活発なジャーナリストをものにするうぬぼれ屋のフットボール選手の役を演じていた。

黒髪や赤毛、ブラウンの目やグリーンの目など、著者がどんなふうにヒーローを描写しようと、サブリナはフリンの引きしまった唇と、大きくてあたたかい手を想像した。表情豊かなブルーの目や、無精ひげ、角張った顎も。やがて、ラブシーンにさしかかった。シャツを脱いだフリンの姿は知っているが、彼の全裸は見たことがなかった。

ありがたいことに作家たちが、ヒーローのその部分を描写してくれた。サブリナは頭のなかでそれをフリンにあてはめる楽しみにふけった。結局、一週間の読書は、リラックスするどころか欲求不満を募らせるばかりだった。

どんな筋書きでもフリンのことを想像していた。だから、彼に連絡したのも不思議ではない。

ふいに、フリンにメッセージを送ったのが間違いだったように思えてきた。ああ、送ったメッセージを取り消す方法があればいいのに。ミセス・アバナシーならシャワーを貸してくれるかもしれない。そのほうがずっと無難だ。

十五分たっても返事がないので、〝気にしないで〟と打ちこもうとしたとき、手のなかで携帯電話が鳴った。デスクで革椅子に寄りかかるフリンの画像が画面に現れる。

「もしもし」サブリナは電話に出て、部屋のなかをうろうろ歩き始めた。

「これから行くから、週末のあいだに必要なものを荷づくりするんだ。僕のところに泊まるといい。君の家主には僕が話そう」

「ええ……いえ、いいのよ。ちょっとシャワーを浴びたいだけだから」

「サブリナ、僕は怒っているんだ。そんなに長く不便な生活が続いているのに、言ってくれなかったことをね」

「あなたをわずらわせたくなかったのよ」それに、彼がずっとキスなどなかったようなそぶりをするから、どうふるまえばいいかわからなかったのだ。

「あと数分で行く」

フリンが電話を切ると、サブリナはチェストに向かい、いちばん上の引き出しを開けた。

「たいしたことじゃないわ」

自分にそう言い聞かせながら、次々と下着を見ていった。だが、サテンとレースのTバックのショーツに目がとまったところで、唇を噛《か》んだ。今週読んだロマンス小説のラブシーンが、みだらな映画のように頭にちらつく。主演はフリンだ。彼女は赤いシルクのショーツを手にとった。

これは絶対にまずい。

引き出しの奥を探り、実用的なコットンのビキニショーツを引っ張りだした。四枚ひと組で、紺が二枚、赤が一枚、白が一枚のセットだ。これがいいわ。無難だもの。それをベッドに放ると、セクシーなブラジャーではなく、ベージュのブラジャーを選んだ。これならTシャツを着たときに胸の先端が見えないし、ひと晩かふた晩フリンの家で過ごすのにちょうどいい。

それからジーンズを二本に、ワンピースを一着、Tシャツを数枚、そして上品なブラウスを一枚、ベッドに放った。最後に靴を選んだ。コンバースを一足と、ジーンズにもワンピースにもはけるフラットシューズを一足。フリンのところに長くいるつもりはない。家主がすぐに水道管を直してくれるはずだ。

正直に言って、フリンと一緒にいるのは悪いことばかりではない。〝あのキス〟の問題に真正面から向き合える。彼はバレンタインデーの雰囲気にのまれたのかもしれない。たぶん私も。ふたりとも、あの日一緒にチーズを試食したほかの幸せなカップルからフェロモンの大波をかぶっていたのだ。それできっとフリンは……。

「私にキスをした。自分の名前を思い出せなくなるくらい激しく」サブリナは頭を振り、ため息をついた。ロマンス小説に出てきそうな表現だ。

玄関のドアを強くたたく音に、彼女ははっとして、思わず悲鳴をあげた。

ぴりぴりした気分を振り払いながら、息を吸いこみ、フリンと顔を合わせる。彼に会うのは月曜以来だ。フリンはとてつもなくセクシーな姿で戸口に立っていた。

フリンのブルーの目がきらりと光ったかと思うと、彼はサブリナのジーンズと長袖のシャツ、そして靴下をはいた足まで、ざっとチェックした。それから、衣類が広げられたベッドに視線を移した。

「何をつめたらいいかわからなくて……」

彼女は言いよどみ、フリンに部屋に入るよう促して、クローゼットの奥からスーツケースを出した。彼はワンルームのアパートメントを歩きまわりながら、床に置かれた白いキャンバスを見た。

「インスピレーションが湧かないのか？」フリンの深い声がサブリナの背筋をくすぐる。

インスピレーションは湧いているけれど、描くためのものではない。

「やっぱりよくないわ」サブリナは荷づくりの途中で出し抜けに言った。「一時的にでも私が一緒に住むなんて、いやじゃない？　私は部屋を散らかすし、おしゃべりだし、真夜中に起きだしてアイスクリームを食べるし」

「アイスクリームならある。それに、四百五十平方メートルの空間が無駄になっているんだ。水道もたっぷり使える」

「でも――」

「黙って、さっさと荷づくりをするんだ」フリンが彼女の絵の道具を眺めた。「これも持ってくるといい。イーゼルは後部座席に入ると思う」

「ばかなことを言わないで。ほんの数日のことよ」

「念のため服は余分に入れておいてくれ。もっと必要になったら、あとでとりに来よう」

「私を家に住まわせるなんて、休暇をとったときには頭になかったでしょう」サブリナはスーツケースにさらに衣類を押しこんだ。

「休暇をとること自体、僕の頭になかった。休暇をとらせたのは君だ」彼は身をかがめてキャンバスを抱えあげた。

「絵は描けていないの。だからそれはいらないわ」

「僕はまだリラックスできていない。もしかしたら君が絵を描くところを見れば気持ちが安らぐかもしれない。僕のために描いてみてくれないか」

「わかったわ」

「車に運ぶよ。そうだ、サブリナ？」

「なあに？」

「昔よくクッキーをつくってくれただろう？　チョコチップが入ったやつだ」

「ええ……」

「あれをつくる材料があったら、持ってきてくれないか」

サブリナはにっこりした。何年も前、彼にチョコチップクッキーをつくったことを思い出した。オーブンから出したとたん、彼はいっきに五、六個は食べたものだ。

「材料ならあるわ」

「よかった」フリンはうなずき、ひとまずキャンバスを持って車へ向かった。

サブリナは荷づくりを再開しながら、自分を戒めた。フリンにそそられ、誘惑に屈してはだめよ。

「大丈夫よ」彼女は声に出して言ったが、自信はなかった。

10

フリンはサブリナにゲストルームを使ってもらうことにした。ベッドは新しい。ペントハウスのすべてのベッドが新品だ。不貞を働いた元妻と共有していたベッドになど、とうてい寝る気はなかった。

ベロニカはジュリアンと〝会っている〟と白状したあとも、フリンと一緒に購入した三階建ての醜悪な家にとどまった。べつにかまわなかった。その家には最初から住みたくなかったからだ。そこでフリンはダウンタウンの小さなアパートメントを借りた。

どこも自分の居場所ではない気がした。池を見晴らせる新婚の家も、父のことを思い出させる、このガラスとスチールでできたペントハウスもだ。母のことは偲《しの》ばれるが、父母が住んでいた屋敷も、やはり自分の居場所という気はしない。

ベロニカがすぐにその屋敷へ移ったことには驚かなかった。彼女はもっと広い家がいいといつも騒いでいたからだ。屋敷には果樹園や広い敷地や使用人の宿舎があるから、ベロニカの希望にかなうだろう。

そして今、僕は、三十秒も考えずにサブリナを自宅に住まわそうとしている。

理由は、三十秒以上考える必要がないからだ。サブリナは長年の親友だ。その彼女が滞在する場所を必要としている。先週のキスなど気にするべきではない。

気にするべきではないのに、してしまう。

フリンは、再びサブリナにキスしたいという衝動は押しのけようと決意した。彼女が僕の家に来て、絵を描いたりチョコチップクッキーを焼いたりしたら、僕たちはすぐに昔のふたりに戻れるに違いない。

互いを見ても、相手の裸身など思い浮かべたりしないふたりに。

彼はサブリナの裸を思い描いてうめいた。彼女のことを考えると必ず、下腹部がかたくなる。

フリンはサブリナのスーツケースと残りのキャンバスを脇に抱え、イーゼルを運びこんだ。クッキーの材料を出してカウンターに並べていた彼女は、舌を鳴らしてフリンをたしなめた。

「手伝うって言ったのに」彼女はそう言ってキャンバスを取りあげた。

フリンはイーゼルを壁に立てかけた。「これでおしまいだ。君は充分手伝ってくれているよ」

寝室に入ると、彼女のスーツケースを、トートバッグふたつと並べて置いた。スーツケースは鮮やかなピンク色で、トートバッグのひとつは蛍光グリーン、もうひとつは派手な花柄だ。それだけで味気ないペントハウスにエネルギーが加わった気がする。

もしサブリナがここにいることで僕にも同じエネルギーを吹きこんでくれるなら、どんなにいいだろう。

白と黒に囲まれた暮らしが長すぎた。

バレンタインデーに朝食とチーズの試食に連れだされ、空中ぶらんこのショーにつきあわされるまで、長いあいだ生きている実感がなかったことに気づいていなかった。

毎日、へとへとになるまでがむしゃらに働いた。仕事に邁進《まいしん》するかぎり、ベロニカやジュリアンや父のことを考えずにすむという、誤った考えにとりつかれていた。

「厄介者たちめ」

「やだ、荷物の話?」サブリナが戸口から尋ねた。

彼女はコンバースのスニーカーをはき、Tシャツの上にデニムのジャケットをはおっていた。髪はハーフアップにしている。じつにすてきだ。こんなに長いあいだ、どうしてサブリナに手を触れずにいられたのだろう。

「話があるなら聞くわよ」彼女がじっとフリンを見つめた。

「話はない」僕がしたいのは話ではない。

「そう」サブリナが彼の腕を軽くたたいた。

彼女が触れてくるのは月曜以来だ。そのとたん、下腹部が張りつめ、ファスナーを突き破りそうになった。

「疲れたからクッキーを焼くのは無理かな？」フリンは必死に話題を変えた。

「疲れたから手伝えない？」サブリナが眉をつりあげた。

「手伝いながらビールを飲んでもいいかい？」

「そうねえ」彼女は人差し指で唇をたたいた。クッキーよりもその唇がほしい。「許可しましょう」

ウインクをされたフリンは、またうめきを噛《か》み殺した。サブリナはすでにキッチンへ姿を消していた。


サブリナはジーンズで両手を払うと、チョコチップクッキーののった天板をガスコンロの上に置いた。フリンが隣の居間から駆けこんできて、ひとつ引ったくる。

「熱っ」彼はクッキーをかじるなり言った。

「ええ、知っているわ」

彼はもうひと口かじり、目を閉じて咀嚼《そしやく》しながら、セクシーなうめき声を漏らした。サブリナは気づかないふりをして、クッキーを冷却用の網に移した。

フリンのためにクッキーを焼くのは久しぶりだけれど、一連の流れは何も変わっていない。

私がオーブンから天板を引きだすと、彼が走りこんできて、クッキーをひと口食べて〝熱っ〟と文句を言う。そして残りにふうふうと息を吹きかけ、口に放りこんで満足そうにうめくのだ。

「最高だ」フリンが彼女の肩越しに手をのばして、もうひとつつかんだ。「本当にうまい」

耳もとでささやかれ、サブリナの背筋を震えが這《は》いおりた。何も変わっていない。それなのに、何もかも変わってしまった。

彼女が振り返ったとき、鼻と鼻がぶつかりそうになった。

フリンはクッキーを手にしたまま、サブリナの胸がシャツをかすめても動かなかった。彼女もさがらなかった。

「食べたい？」彼がじっとサブリナの顔を眺めた。

「いいえ、いらないわ」彼女は口早に言った。「だって……熱いもの」

フリンが一歩さがり、クッキーをふたつに割って、入念に吹いて冷ました。サブリナはうっとりと彼の口もとを見つめた。ふたりのあいだで火花が散るのを感じる。こんなことは今までにもあっただろうか？　もしそうなら、私はこれまでどうやって無視してきたのだろう？

サブリナは彼が差しだすクッキーを受けとった。ふたりでひとつを半分ずつ食べた。

「話をするべきだ」フリンが言った。

「同感よ」

「君から先にどうぞ」

「弱虫」

「僕は怖いわけじゃない。レディ・ファーストだ」

こんなに彼がほしくなければ笑っていただろう。

「バレンタインデーにあなたがキスをしたとき、パンドラの箱が開いたのよ。あなたのそばにいると、キスのことしか考えられないの」

そうではない。キス以上のことをあれこれ考えた。

「僕もだ。何か提案は？」

「あるわ」

「アパートメントに帰るというのはなしだよ。錆色《さびいろ》の水が出るうちはだめだ」

「そうじゃなくて」

フリンがじっと彼女を観察している。

サブリナは唇をなめた。彼に拒否される可能性は非常に高い。もしそうなれば私の自尊心も、ふたりの友情も打ち砕かれるだろう。

もしフリンが同意しても、やはり友情は壊れるだろうけれど。

だからサブリナはこう切りだした。「約束して。私たちはこれからもずっと友達よ。互いに惹《ひ》かれる気持ちを探ってみるにしても、友情を捨ててしまうほどの価値はないわ」

「そのとおりだ」彼はためらうことなく同意した。

「君にはずっとそばにいてほしいと思っている」

「よかった。提案する前にそれを確認しておきたかったの」

「で、提案とは？」

「もう一度、キスをしてみるべきだと思うの」

フリンは彼女が思っていたような反応は見せなかった。ひるみもせず、前のめりにもならない。彼は身動きもせずに、ただサブリナを見つめていた。

「あのキスは、偶然の産物だったに違いないわ。もう一度試してみれば、すんだこととして忘れられるかもしれない。とくに、今度はときめきも何も感じなかったなら」

「君はあのとき、ときめきを感じたのか？」フリンが興味深げにつぶやき、彼女に近づいた。

感じた。

「ええ、まあ……そう表現することはできるわね」

「それで……ときめかないことを確認するために、もう一度試してみるべきだと思うんだね？」

どうやら彼は私よりもその提案に抵抗がないようだ。

フリンが手をあげてサブリナの髪に指をぐらせ

た。その指先が後頭部に触れた瞬間、彼女の体を欲望の震えが走った。

サブリナはごくりとつばをのみこんだ。「そうしたら私たちはまた……以前のように戻れるわ」

「キスをしない友人同士に」

フリンのもう一方の手が彼女の腰にまわされた。そのとたん、まるで世界が地軸ごと激しく傾いたかのように感じた。

フリンの呼吸が速くなり、彼の胸に置いた手に鼓動が響く。フリンのまぶたがさがったかと思うと、ゆっくりと唇が近づいてきた。

唇が重なっても、驚きも気まずさもなかった。彼が親指でサブリナの顎をさすりながら、口を開いて舌を差し入れてくる。彼女はフリンの舌を迎え入れた。

ああ、お願い、やめないで。

サブリナは欲望に体を震わせた。ふたりの舌がリズミカルに絡み合う。その感覚は理性が麻痺《まひ》しそうなほどすばらしかった。

フリンが彼女の腰から背中へと手を這わせていく。サブリナは脚のあいだがうずくのを感じた。耳のなかで血が脈打つ音がする。

そのとき、彼が体を離した。彼女の手の下で、フリンの胸が上下している。ブルーの目は暗く陰っていた。

次の瞬間、彼の腰が突きだされ、高まりがサブリナの下腹部に押しつけられた。

フリンが彼女をぎゅっと抱きしめる。

今回は火花はなかった。それどころか、まるで森林火災だ。あるいは、爆弾が爆発したか、千個の太陽が燃えているか。

サブリナはまばたきをして、〝かわいい魔女ジニー〟がふたりを以前の関係に戻してくれるのを願った。だが、まわりが揺れ動いたりはしなかった。

つまり、これは現実だということだ。

私はフリンに惹かれている。真剣に。

そしてフリンの体の反応と、再びキスを求めてくる様子を考えると、彼も私に惹かれているようだ。

11

唇と唇が再び重なる寸前、玄関ドアのノブをがちゃがちゃとまわす音がした。

「いるのはわかっているぞ」ドアの向こう側から声がした。

「リードだわ」サブリナが言った。

「無視すればいい」フリンはリードにこのペントハウスの暗証番号を教えたことを後悔した。

彼女は一瞬微笑《ほほえ》んだが、その目に不安が見てとれた。「でも、やっぱり……」

サブリナが急いで後ろにさがった。バレンタインデーのキスの再現実験は、彼女の理論が百パーセント間違っていることを証明した。

僕らは惹《ひ》かれ合っている。近くにいるから。あるいは都合がいいから。またはサブリナが指摘したように、初めて同じタイミングでひとりになったから。理由はどうだっていい。

「そこに女でもいるのか?」今度はゲージがドアの向こうで叫び、再びノブをまわした。

サブリナはパニックに陥って目を見開いている。

「今夜はあのふたりと出かけていたんだ。どうやら、僕が勝手に帰ったのが気に入らなかったらしい」

フリンは彼女の唇を親指で押さえ、もう一度ものほしげに見てから離した。

サブリナはキッチンからリビングルームに駆けこんで、鏡で髪と顔を確認し、不安げに鼻にしわを寄せた。「みだらなことをしていたみたいに見えるわ」

「ああ、たしかに」彼女が上気した頬や首のほてりを隠せないのと同じように、フリンも誇らしい気持ちを隠せなかった。「ちょっと待っていてくれ。あいつらを退治してくる」彼はサブリナにウインクすると、ドアを少しだけ開けた。「なんの用だ?」

リードが一本抜けたビールの六本パックを掲げ、その一本をゲージが掲げてみせた。「ひとりじゃ寂しいかと思ってさ」

「それに、サブリナとどうなっているのか知りたく……て……」

リードの声が途切れた。フリンがドアを大きく開け、玄関ホールのまんなかに立っているサブリナの姿を見せたのだ。

「あら、来たのね!」彼女が甲高い声で言った。「クッキーをつくったのよ。昔みたいに!」

リードが悪態をつき、ゲージが顔を伏せて笑いを隠した。

「入れよ。クッキーしかないけど」

「やあ、サブリナ」リードが宿敵を前にしたかのような口調で言う。「ビールはどうだい?」

「けっこうよ。私はもう寝るわ。くたくたなの」

リードがにやりと笑い、サブリナは後ろめたそうな顔をしてあとずさりした。

「一時的にゲストルームに泊めてもらっているの。うちの水道管が壊れて水が出なくなっちゃって。シャワーを浴びたいから、これから浴びるつもり。もちろん、ゲストルームのバスルームでね」落ち着かなげに笑う。「どうでもいいことだけど」

フリンは頭を振り、彼女は申し訳なさそうに肩をすくめた。サブリナがゲストルームに逃げこんだ瞬間、僕は親友たちから総攻撃をくらうだろう。

フリンはリードからビールを一本もらい、リビングルームへ向かった。

「もしかして……」ゲージがリードを引き連れて歩いてきた。「サブリナの家の水道管が壊れたから、おまえが自分の家に泊まるよう提案したのか？」

「おまえたちだったらどうした？」フリンはきき、ビールをあおった。

「修理業者を呼んだかな」リードはソファに座った。

「明日、呼ぶつもりだ。それから、サブリナの要求に応じなかった家主をたたきのめしてやる」

「今はおまえが彼女の面倒を見ているってことか」

リードの眉がつりあがった。

「当面のあいだ、彼女には寝泊まりする場所が必要なんだ」フリンはリードを無視して続けた。「おまえたちにだって同じことをする」

「僕らにはバレンタインデーにキスはしなかったけどな」ゲージが付け加える。

「僕もおまえにクッキーをつくってやったりはしない」リードが窓辺に立てかけられたキャンバスを見た。「しばらく滞在するみたいだな」

「水道が使えるようになるまでだ」

ふたりに説明する義理はない。弁解したい気持ちはあるが、言い訳に聞こえそうなのでやめた。

「僕らはサブリナのことを問いつめるために来たんじゃない」ゲージが言った。

「じゃあ、何しに来たんだ？」フリンは尋ねた。

「仕事で困ったことがあって」リードが答える。

フリンは疑わしげに目を細めた。「僕のパスワードを勝手に変えて仕事から遠ざけておきながら、今度は僕に仕事をしろと言うのか？」

それも最悪のタイミングで。

「ああ」リードが唇をすぼめた。「ちょっと……問題があってさ。小さな問題だが、おまえの……意見をもらえるとありがたい」

フリンは注意を引かれ、椅子に座って身を乗りだした。「聞かせてくれ」


午前一時ごろ、リードとゲージが帰っていく音が聞こえた。シャワーを浴びたあと少し寝たのだが、また眠れなくなった。サブリナは長いあいだ不眠に悩まされていた。一時はよくなったと思っていたのだが、フリンとベロニカが別れると同時にまた始まった。

しきりに寝返りを打ちながら、窓から街の明かりや月を見ていたが、あきらめてベッドから這《は》いだした。さっきも着ていた長袖のシャツに、ショーツとソックスをはいただけの格好だ。パジャマを持ってくるのを忘れてしまった。朝になったらとりに帰ろう。

ゲストルームのドアを細く開け、静まり返った廊下をのぞく。サブリナは思いきってそのままの格好で、おやつをとりに行くことにした。目が覚めたときから食べたくてしかたなかったのだ。

爪先が廊下の床に触れた瞬間、端のドアが大きく開いて、フリンが上半身裸のまま出てきた。彼は目をこすり、睡眠不足で疲れきった様子だが、そんな姿でもとてもすてきに見えた。

たくましい首、広い胸、引きしまった腰。黒のボクサーショーツにぴったりと包まれたたくましい腿が、裸足《はだし》の足へと続いている。サブリナがひととおりチェックし終えたころ、フリンが彼女に気づき、一メートルほど離れたところで立ちどまった。

「眠れなくて」サブリナは言った。

フリンも同じように彼女の体を見まわし、ショーツで目をとめた。赤のコットンのビキニショーツを嫌悪する様子はまったくない。

「着ていたシャツで寝るしかなかったの」サブリナは唐突に言った。「パジャマを忘れちゃったから。明日とりに行くわ」

とりとめもなく言葉を連ねていると、フリンが前に進み、彼女をゲストルームのなかへと追いつめた。そしてサブリナの腕に触れ、そっと撫《な》でながら顔を見つめた。

「僕のTシャツを貸そう」

サブリナはつばをのみこんだ。喉がごくりと音をたてる。

フリンは彼女の口をちらりと見てから、そのまま後ろにさがって片手で顔をぬぐった。

残念。

そのとき彼の口から〝アイスクリーム？〟という言葉が聞こえ、サブリナはびっくりした。

「今なんて？」

「アイスクリームか、君にまたキスをするか。どっちがいい？」

彼女は引きつった笑い声をあげた。「紅茶は……ある？」

フリンがにやりと笑った。「あるよ」そう言うと、階段をすたすたとおりていった。

サブリナは彼の後ろ姿を見つめながら考えた。こんな格好でフリンを追ってもいいのだろうか。

結局、考えすぎないことにした。スキニージーンズをはいたりブラジャーをつけたりするのは苦行でしかない。お互い大人だし、彼は見知らぬ他人ではないのだ。

「なんとまあ」サブリナはつぶやき、喉に手をあてて、階段のまんなかで足をとめた。

「だろう。踏み板の下が大きくあいているから、みんな最初はびっくりする」フリンがカウンターの向こうから彼女の反応を誤解して言った。

サブリナは手すりを握りしめ、最後まで階段をおりた。落ちるのが怖いからではない。上半身裸でキッチンにいるフリンに目を奪われてしまったからだ。ボクサーショーツがカウンターに隠れているので、まるで全裸のように見える。

ふたりは黙ってアイスクリームを盛りつけ、紅茶の用意をした。ふたりとも、疲れのせいか、緊張のせいか、口を開かなかった。サブリナがマグカップに紅茶を注《つ》ぎ、彼がアイスクリームにチョコチップ、ピーナツバター、スライスアーモンドをのせると、ふたりでリビングルームへ行った。そして一瞬、ソファで同じクッションを奪い合う形になった。

「ごめんなさい」サブリナははにかんで言った。

「レディ・ファーストだ。君はゲストだし」フリンはコーヒーテーブル代わりのトランクから毛布を引きだした。「寒いかもしれない。でも寒くなければ、僕のために体を覆わないでくれるかな」

サブリナは大げさにあきれた顔をした。だが、このがらんとしたペントハウスは寒々しい。彼女は脚を折って座り、膝に毛布をかけた。

両手でマグカップを包むように持ち、紅茶の香りを吸いこむ。裸も同然の格好だけれど、彼と一緒にいられてうれしかった。フリンは私の毎日を明るくし、人生をよりよいものにしてくれる。

「ゲージとリードは僕に意見を求めて来たんだ」

「なんですって？　緊急事態なら役員か私に連絡す

るよう言ったのに」

「命がかかっていたら、そういうわけにはいかないさ」

「たしかにそうだけど、私はあなたにちゃんと休暇をとってほしかったの」

「君こそちゃんと休暇をとらないと」

フリンの視線が毛布よりもあたたかく感じられる。

「経理のベサニーが〈ワシントン・ビジネス・ローンズ〉に行くらしい」

「嘘《うそ》でしょう!」サブリナはベサニーが好きだった。

「どうして?」

「リードが言うには、彼女のフィアンセがそこに勤めているから一緒に働きたいんだそうだ。リードとゲージは彼女を引きとめるために昇給と一週間の休暇を提示しようと考えたが、まずは僕の了解をとりたかったらしい」

「それならしかたがないわね。でも、どうしてふたりはわざわざここまで来て尋ねたの?」

「ビールを飲みつつ、君と僕の様子を探りたかったのさ」

「私、どう見ても不自然だったわ。しゃべりすぎたうえ、逃げるようにいなくなるなんて」

フリンがサブリナの膝に手を置いた。そのぬくもりが彼女の全身にしみ渡る。

「君は何も悪くないよ。先週のキスのことは、僕が話した。ふたりはそれ以上のことがあったんじゃないかと疑っていたが。心配しないで。僕は何も言っていない」

「いけないことをしているかのようにふるまうのは、ばかげていると思うわ」サブリナは言った。

「いずれにせよ、僕らのしていることは、恐ろしいほど正しく感じられる」彼がアイスクリームをひと口食べた。「それがどういうことかはわからないけど、分析しすぎるのはやめるべきだと思うんだ」

「分析していたの？」

「いや。でも君はしている。目を見れば明らかだ。君は頭のなかでは、メリットとデメリットを並べたリストが完成しているはずだ」

「そんなことないわ！」

フリンが首をかしげる。悔しいけれど、あたっていた。

「まあ、いいわ。でも私は〝プラス・マイナス・リスト〟って呼んでいるの」

「僕のプラスの欄には何がある？」

「私の親友だということ」サブリナは答えた。彼の肉体的な魅力は挙げなかった。「皮肉なことに、それはあなたのマイナス欄にもいちばんに載っているわ」

12

たしかにこの状況は……普通ではない。それに、サブリナがプラスマイナス両方のトップに置いた理由――親友同士であること――を思えば、いい考えではない。

だが、バレンタインデーの衝動的なキスには何かがあった。それにキッチンでの、事前によく検討したうえでのキスにも。

「君は……友情が壊れるのを心配しているのか？」サブリナが首を絞められたような声を出した。そんな質問をするなんて信じられないとばかりに。

「あなたは心配ではないの？」

「僕は何も心配していない。何も心配せずに過ごすために、休暇をとるよう言われたしね」

彼女の体から少し力が抜け、毛布の下でわずかに脚が動いた。長くてなめらかな脚が。

ああ、サブリナに触れたい。サブリナを落ち着かせるためでも、慰めるためでもなく、彼女の情熱に火をつけるために。のぼりつめるときにはどんな声をあげるのか知るために。彼女が心を決めたなら、プラスだのマイナスだの言わせずに二階へ連れていこう。

「フリン、私たちはどうしたらいいと思う？　ここに座って考える？」

「出だしとしてはいいと思う」

サブリナがつばをのみ、華奢《きやしや》な喉もとが動いた。その目は欲望に燃えている。

そう、彼女も僕を求めているのだ。もう否定するのはやめよう。フリンはアイスクリームのボウルを傍らに置き、サブリナの手から熱い紅茶の入ったマグカップを慎重に取りあげた。

「まだ飲み終わっていないのに」

「もうこれはおしまいだ」

彼が毛布に手をのばすと、サブリナにとめられた。ふたりはその姿勢のまま凍りついた。フリンの手は毛布に覆われたサブリナの腿に、彼女の手は彼の手の上に置かれている。ふたりの目が絡み合った。

「君はこれを望んでいる？」フリンはサブリナを見つめた。「単純な質問だ。君はこれを望んでいるのか？」

「ええ――」

彼は最後まで言わせなかった。サブリナの口をキスで封じながら、膝から毛布をはぎとる。彼女は両手でフリンの顔をとらえ、彼に身をゆだねた。

フリンはサブリナの膝から腿、そして下着へと手を滑らせた。期待していたようなTバックではないが、かまわない。どうせすぐに脱がせるのだから。

サブリナが彼の顎から首、そして胸板へと指先を這《は》わせていく。フリンは思わずうめき声をあげた。するとと彼女は、フリンの脇腹に爪を食いこませて彼を引き寄せようとした。

それこそフリンが待っていた誘いだった。

サブリナの背中にてのひらを広げ、彼女を引き寄せる。サブリナは自ら身を寄せてきた。フリンは仰向けになって横たわると、彼女を上にのせ、その豊かな髪を顔から押しやってキスを続けた。その体勢は、少し前に見た官能的な夢を思い出させた。サブリナの髪が頬をくすぐり、彼女の息が浅く速くなる。

ああ、なんて気持ちがいいのだろう。こんな気分になるのは久しぶりだ。サブリナも、本人の話によれば、かなり久しぶりのはずだ。今このソファで彼女とひとつになってはいけない理由などひとつも思いつかない。

この一週間あまり、いや正直に言えばもっと以前から、ふたりを揺さぶっていた思いに屈したい。

サブリナが唐突に起きあがった。フリンは押しのけられるかと思ったが、彼女は腕を交差させてシャツを脱いだ。みごとな胸があらわになる。先端は濃いピンク色をしていた。ああ、これ以上自分を抑えられない。彼がサブリナに微笑《ほほえ》みかけると、彼女も笑みを返してきた。許可が出たということだ。

肘をつき、一方の手をサブリナの脇腹にまわして、美しい胸に唇を這わせる。そして、先端を舌で存分に愛撫《あいぶ》した。彼女がなまめかしいうめき声をあげる。だが、絶頂を迎えるのはまだ早い。したいことがいろいろある。

フリンはサブリナを仰向けにすると、赤のショーツの縁から指を差し入れ、そっと撫《な》でた。彼女は熱く濡《ぬ》れていた。

フリンの唇がもう一方のふくらみに移ると、サブリナが彼の高まりに手をのばし、そっとさすった。

そしてもう一度。さらにもう一度。やがてフリンは彼女の体から唇を離して、うめき声をもらした。

「フリン」サブリナがもう我慢できないというようように言う。「あなたがほしくてたまらないわ」

「僕も君がほしくてたまらない」

考えることもろくにできない。フリンは彼女のショーツを引きおろして自分も下着を脱いだ。そのときになって初めて、彼は躊躇《ちゅうちょ》した。さらに先へ進む前に、避妊のことを考えなければならない。

「避妊具がいる。上の部屋にあるはずだ」

サブリナがうなずいた。「一緒に行くわ」

「ああ」フリンは笑みを浮かべて言った。「そうしよう」

彼女の手をつかんで立ちあがらせると、食器や散乱した衣類をそのままにして、裸で階段を駆けあがった。サブリナに先に行くよう促し、そのヒップをほれぼれと眺める。

裸のサブリナは得も言われぬほど美しかった。丸みを帯びたヒップがくびれたウエスト、しなやかな背中、細い肩へとつながっている。全身みごとに引きしまっているが、それでいて柔らかく、さわるととても心地よかった。

サブリナがフリンの寝室に入り、くるりと振り返った。そして唇を噛《か》む。白い歯がふっくらしたピンク色の唇を引っかいた瞬間、彼の導火線に火がついた。

彼女に追いつき、体に腕をまわして、裸のヒップを両手で包みこむ。ふたりはキングサイズのベッドに倒れこんだ。

チャコールグレーのキルトと白のシーツをバックにしたサブリナはこのうえなく美しい。白い枕カバーの上に広がる黒髪を見て、この部屋に色がなくてよかったと思った。彼女が自らの色を加えてくれた。頬のピンク色や、ペディキュアの鮮やかなブルーを。

フリンはナイトテーブルの引き出しから避妊具を取りだし、装着した。期待で手が震えている。サブリナもそれに気づいたに違いない。彼の手首をつかんでにっこりすると、待ちきれないかのようにうなずいた。

フリンは彼女に覆いかぶさると、ひと息に貫いた。サブリナは枕に頭を押しつけ、顎をあげて、永遠に彼の頭のなかにこだまするであろう言葉をつぶやいた。

「ああ、これを求めていたのよ」

彼女の声が耳に心地よく響く。

フリンは天にものぼる気持ちだった。サブリナ以外のすべてを遠くへ押しやる。難しいことではなかった。サブリナ・ダグラスとひとつになる行為は、並みはずれてすばらしい体験なのだから。

フリンはやさしく愛のリズムを刻んだ。月の光が寝具に縞《しま》模様を描いている以外、部屋はほとんど闇に包まれていたが、彼女の胸やヒップの線はちゃんと見ることができた。

ふたりのあいだに起こっていることの重みに耐えきれなくなり目を閉じても、サブリナの裸身はまぶたの裏に浮かんでいた。

その光景は、フリンが自らを解放してようやく目を開くまで消えなかった。

13

まぶたの隙間から光が差しこんできた。だがサブリナを目覚めさせたのは光ではなく、腕をくすぐる感覚だった。その感覚が腕を這《は》いあがってきて、彼女は身を震わせ、ぱっと目を開いた。

腕をくすぐっていたのは、乾いた絵筆だった。フリンの持つ絵筆がサブリナの鎖骨を通過し、胸のふくらみを越えようとしている。

今、絵筆で私を身震いをさせている男性は、ゆうべ激しく私を震わせたあと、大きなベッドで並んで眠りに落ちた。セックスをしたのはずいぶん久しぶりだったが、とてもすばらしかった。相手の男性と同様に。

フリンの顔じゅうに笑みが広がる。こんなにハンサムな人はいないだろう。彼女は微笑《ほほえ》んだ。ふたりの新しい関係にぼうっとしながら。

「服を着たのね」サブリナは寝起きのしゃがれ声で言った。「ずるいわ」

「コーヒーとクロワッサンを持ってきた。君が一日じゅう寝倒さないうちに起こそうと思って」

「今何時？」

「十一時を過ぎたところ」

「十一時ですって！」彼女は跳ね起き、携帯電話を見た。午前十一時十四分と表示されている。「まあ、こんなに寝過ごしたのは初めてよ」

フリンがにやにや笑っているのを見て、サブリナは目を細めた。

「うぬぼれないで」

「それは難しいな」彼が立ちあがり、絵筆を後ろのポケットに差した。「おいで。朝食にしよう」

どこで買ってきたのかわからないが、クロワッサンはこれまで食べたなかで最高の味だった。いちごジャムとバターを少し添えるとさらにおいしい。コーヒーも完璧で、毎朝こんなふうに過ごせたらどんなにすばらしいだろうと一瞬思った。

「休暇にすっかり慣れたみたいね」サブリナはからかった。

「そのために君はいろいろと骨を折ってくれた」フリンがクロワッサンにジャムをたっぷりと塗り、ひと口かじった。「君がここにいたら僕はリラックスできるだろうなと思ったけど、ここまでとは思わなかったよ」

「お互い予想していなかったのは確かね」

「あんなにすごいとも予想していなかったし」彼が眉をつりあげて、またひと口かじった。

「本当にすごかったわ」

彼女がそう言うと、フリンがかすれた声で笑った。セックスをしたことで、ふたりの友情に新しい側面が加わった。まだ探求しきれていない側面が。

「君のアパートメントの家主と話したよ」

「それで？」

「あの建物を買って後悔していると、さんざんぼやかれた。今、君の部屋の上と下の部屋で水漏れを調べているそうだ」

「私はあの部屋にすごくこだわったの」サブリナは頭を振った。決めたときは、日当たりがよくないとか、上階や左右の部屋の騒音など考えていなかった。「木目そのままのフローリングとか、開放感のある間取りとか、エレベーターが近いこととかに気をとられて、ほかのことはあまり考えなかったわ」

「君がアパートメントに戻ることはしばらくなさそうだ。それに、ここにはスペースがたっぷりある」そう言うと、フリンが彼女を見た。まるで反論を待っているかのように。

事態が変わりつつある。いや、もう変わってしまった。どうして断ることができるだろう？　私はフリンを幸せにしたいと思っている。それに自分自身も。彼とベッドとともにすれば、そのふたつが同時にかなうのだ。私のアパートメントは水漏れがしている。フリンのペントハウスに間借りできるのに、不便な生活に耐えるなんて意味がない。

「たしかにスペースはたっぷりあるわね」サブリナは肩をすくめた。「ここを出ていく理由は思いつかないわ」

「よかった。君はここにいるべきだ。そして、昨夜をしのぐ体験ができるかどうか確かめよう」彼がそう言って、眉を上下に動かした。

サブリナは思わず噴きだした。フリンを殻から引っ張りだす秘訣《ひけつ》はセックスだったなんて、誰が思っただろう？　彼と私がこんなに相性がいいなんて、誰が知っていた？

そのとき、フリンの携帯電話が振動した。彼がサブリナの目から視線をはずして画面を見た。

「仕事じゃないといいけど」彼女は言った。

「もう仕事はしないよ」

「よく言うわ」サブリナはコーヒーを口に運んだ。「多少は休暇を楽しんでいる？　私とベッドをともにすることは別にして」

「〈モナーク〉社のお偉方のほとんどが、僕と一緒に会社を変えていくよりも、僕を会社から追いだしたがっていると思うと、やっぱり落ちこむよ」

「あの人たちは今までどおりなのが好きなのよ。古い会社はみんなそう。お父様が亡くなったとき、〈モナーク〉社の株主たちは心配していたものよ。そんな悪習にあなたが引きずられるんじゃないかって」

この話は休暇が終わってからにしようと決めていたが、フリンのほうから始めた以上、あとまわしにする意味はないだろう。

「あなたはお父様とは違う。あなたが会社を引き継いだときに起こした変化は、あなたがお父様とは違うから起こせたことよ。だけど、そのせいであなた自身が変わってしまったことが私はいやだった。私は以前のあなたを取り戻したかったの」

彼がじっとこちらを見つめている。フリンはある意味、ずっと私のものだった。いつも私のそばにいてくれた。私たちは互いを気にかけているし、ベッドでめくるめくひとときを過ごしてもそれに影響されることはない。実際、ふたりの友情は変わらないと、彼もすでに約束してくれた。

「そう言われてもしかたがないな」フリンがため息をついた。「サブリナ、君はいつも僕に目を配ってくれているんだね」

彼がテーブル越しにサブリナの手をとった。

「これからもずっとそうするつもりよ」フリンも、私のためにそばにいてくれるに違いないから。

サブリナはアパートメントにパジャマと着替えの追加をとりに戻った。フリンと私はいつもお互いを必要としてきた。そして今は違う意味でも――肉体的な意味でも――お互いを求めている。

「夜には恍惚《こうこつ》とさせられ、昼には笑わせてくれる、ものすごくすてきでお金持ちの親友だわ」

その場にほかに誰もいなくても、〝恋人〟とか〝彼氏〟といった言い方をするのはためらわれた。フリンはそういう人ではない。

「だったらどういう人？」郵便物を回収したあと、自問した。寝室のドレッサーからシャツを数枚と、熱い夜にふさわしいセクシーな下着を引き抜く。

彼は……。

「フリンだわ」

私にはそれで充分だ。

ふと、クローゼットのいちばん上の棚にある日記に目がとまった。以前はよく、絵のアイディアをスケッチしたり、その日の出来事を書きとめたりしたものだ。

サブリナはインスピレーションを求めて日記をめくっていった。やがて、たくさんの鳥がスケッチされた一冊に見入った。フリンの暖炉の上に必要なのは、命の息吹だ。鳥の絵は、私がいなくなったあとも彼の寂しいペントハウスを見守ってくれるだろう。そのとき、別の日記が棚から落ちてきた。

かがんでそれを拾い、学生時代の乱れた字と落書きを見て微笑んだ。自分とフリンとゲージとリードが学生時代によくうろついていた場所が描かれている。あれからずっと通っている〈チャズの店〉、そして、街いちばんの絶品ハンバーガーを出す〈フレッシュバーガー〉。彼女は日記をぴしゃりと閉じた。見つけてよかった。フリンと一緒に何ができるか、アイディアが湧いてきた。

「セックスのほかに」サブリナは自分に言った。この休暇中の私の任務は、フリンを以前の彼に戻すことだ。

着替えと日記をバッグにつめ、玄関まで運んだ。ドアをロックしようと鍵を取りだしたとき、背後で強いシカゴなまりの声が聞こえ、飛びあがった。

「あんたの恋人が水道管のことで電話をかけてきたよ。ボディガードを送りこんだりしないで、あんたが直接わしにかけてくればいい話じゃないか」黒い口ひげを生やし、生え際が後退している家主のサイモンは、ひどく不機嫌な様子だった。

「直接かけましたよ」サブリナは辛抱強く言った。「あなたが折り返してくださらなかったんです。それにフリンは私の親友であって、恋人ではありません」

サイモンが眉をひそめた。そのことを自分にはっきりさせておくのはいいけれど、家主にまでそうする必要はない。

「いつ直るかわからないんだよ」

サイモンに体とバッグをじろじろ見られ、彼女は不快な気分になった。

「私の電話番号はご存じでしょう。それにフリンの番号も。フリンと私は、じつはつきあっているんです。さっきは恋人ではないなんて言いましたけど」

幸いにもその瞬間、ミセス・アバナシーがドアを開けて顔を出し、好色な家主からサブリナを救ってくれた。

「フリンとつきあっているのね！　すごいわ！」ミセス・アバナシーが廊下に出てきた。しゃれたアップリケのついたジーンズをはき、花柄のトップスを着ている。首には金のネックレスをつけ、爪には完璧にマニキュアが施されていた。「本が役に立った？　役に立ったと言ってちょうだい。ロマンス小説には魔法があるのよ。人と人を結びつけるの」

自分には関係ない話だと判断したのか、サイモンはぶつぶつ言いながらその場を離れていった。

「楽しく読んだわ」サブリナはミセス・アバナシーに言った。役に立ったどうかはわからないけれど、邪魔にはならなかった。

「あなたたちはお似合いだと思っていたの。フリンはただの友達だってあなたが言い張るたびに、私は心のなかで怪しんでいたのよ」ミセス・アバナシーがネックレスに手をやった。「夫のレジナルドは最高にロマンティックな人だったわ。あなたのフリンもロマンティックな人よね？」

昨夜、自分たちが何をしたかを思い出して、サブリナは頬が熱くなった。

「ええ……今朝は絵筆でくすぐられて起こされたわ。それに、わざわざ朝食にコーヒーとクロワッサンを買ってきてくれて」サブリナは家主がいないかどうか、廊下を確認した。声をひそめて先を続ける。「それからサイモンに電話をかけて、水道管を直すよう強く言ってくれたの」

「それはとてもロマンティックだわ」ミセス・アバナシーの笑みが消えた。「水道管のところ以外ね。まだ壊れたままなの？」彼女も廊下に目をやり、サイモンがいないのを確認してからささやいた。「私、あの人が好きじゃなくて」

「あの人を好きな人がいると思えないわ」サブリナはそう言うと、エレベーターのほうを向いた。

ドアが閉まる寸前、ミセス・アバナシーが尋ねた。「じゃあ、あなたはフリンの家にいるの？」

ドアの隙間から、サブリナはにっこりした。「ええ、そうよ」

14

〈フレッシュバーガー〉のサルサフライはとびきりおいしかった。サブリナはサルサソースに浸したフライドポテトをひと口食べ、恍惚《こうこつ》のうめきをもらした。

ナプキンで口もとをぬぐいながら言う。「もうひと口食べたら、私、死んじゃうわ」

「フライドポテトには近づかないことだね」

サブリナが食べるところを見ているのは楽しい。彼女が何をしていても、見るのは楽しかった。フリンの頭は、日が落ちたらサブリナにしたいこと、されたいことでいっぱいだった。それを考えると、彼女が満腹になって睡魔に襲われては困る。彼はサブリナの前から皿をとり、フライドポテトを残らず平らげた。

雪に変わりそうな冷たい雨のなか、ふたりは店を出た。シアトルの二月にはよくある天気だ。彼女は自分の体に腕をまわしている。フリンはサブリナを引き寄せて歩道を歩いた。ふたりにとってはいつものしぐさだが、自分の腕のなかに彼女がいることが今までと違って感じられた。

サブリナを守るのも、彼女のために用心するのも、べつに目新しいことではない。だが、肉体的にサブリナを悦《よろこ》ばせたいと思うのは、これまでになかった事態だ。

これまでも恋人は大勢いたし、結婚もしていた。男女の関係がどういうものかは知っている。だが、サブリナとの関係はまったくの別物だ。彼女はベッドで刺激的な体験をさせてくれるけれど、いつもそばにいてくれる親友でもあるのだ。

ピーナツバターに目がなくて、オリーブが嫌い。中学時代にはステージから落ち、〝クラッシュ〟というあだ名がついた。冷静にふるまっていても、クレイグに振られたときは何カ月も落ちこんでいた。

すでにそういうことを知っているから、ほかの面を知ることに集中できる。サブリナの胸が敏感なことや、口をわずかに開いて眠ること、寝言を言いながら僕にしがみついてくることに。

「何をにやにやしているの？　私が寒がっているのがおもしろい？」隣で彼女が不満げに言った。

「そんなことはないよ。もう帰りたいかい？　そもそも映画を見る？　絵を描く？」

「今日、絵を描こうとしたんだけど、うまくいかなかったわ」

「違うね。君は絵の具を取りだしたけど、キャンバスに線一本描かなかった。早く描いてくれないと、暖炉の上のアートを取り替えられないよ」

「腕がなまっているみたいなの」

　車のところに着いてフリンがドアを開けてやると、サブリナが乗りこんだ。

　彼は運転席に座ってエンジンをかけた。何度かエンジンをふかしながら、ヒーターを調節する。

「いつまでも先延ばしするわけにはいかないぞ」

「リラックスしている人のせりふじゃないわね」

「リラックスは退屈なんだ」

「今日はほとんどノートパソコンを見て過ごしていたでしょう。何をしていたの？　ＳＮＳをチェックしていたわけじゃないことは知っているわ」

　そう、今日は新しい経営計画を立てて過ごした。自分のアイディアと父のやり方を組み合わせたものだ。父との共同作業がかなったのが父が死んでからというのは残念だが、しかたがない。父との永遠の別れを受け入れる時間をとっていないと、サブリナに指摘された。今こそ父の死を悼むときだ。

「心を整理するために書き物をしていた」

「日記？」彼女が唇をすぼめ、眉をつりあげた。

「そんなものかな。でも君は読んではだめだよ」

「了解。私もあなたには日記を読んでほしくないもの」サブリナが日記とペンをバッグから取りだし、ページをめくった。「ゼリー《ジェロ》の素はある？」

「どうしてそんなことをきくんだい？　子ども用プールをゼリーでいっぱいにして取っ組み合いでもするのか？」フリンはにやりとした。

「違うわ！　ゼリーのお酒《ジェロショット》をつくるのよ」

　僕が父のようにふるまうのをやめ、以前の自分に戻ることを進んで受け入れたように、サブリナにも昔の自分を見つけてほしい。かつての彼女は自信に満ちていた。自分が何を求めているか、確信があった。その痕跡はときおり表れるが、頻繁ではない。また絵を描くようになれば、昔のサブリナが戻ってくるのではないかとフリンは考えていた。

懸命に世話をやいてくれるサブリナに、お返しをしたかった。人生に変化を必要としているのは、僕だけではない。

親友から情事の相手に変わった女性もだ。

ジェロショットをつくりながら、サブリナは〝どにかく一度試してみて〟とフリンを説得できたことを喜んだ。

ハンバーガーを食べたあと、ふたりはスーパーマーケットに立ち寄って、ジェロショットをつくるための材料を調達した。フリンは最初、ライム味のゼリーにテキーラを入れることに反対した。そのまま飲んだほうがおいしいと言い張ったのだ。彼を説得できて本当によかった。

プラスチックの容器を冷蔵庫に並べ終わると、フリンはバスルームへ行った。サブリナがカウンターをふくために彼の携帯電話を持ちあげたとき、手のなかで電話が振動した。ちらりと画面を見ると、ベロニカからのメッセージだった。もう一度振動し、彼女から二通目のメッセージが届いた。

〝ごめんなさい〟と〝間違い〟という言葉が目に入った。画面を下にしてカウンターに置き、生きたコブラであるかのようにそれを見つめた。

ベロニカの名前と単語がふたつくらい目に入ったのは過失ですむけれど、携帯電話をひっくり返してメッセージを全部読むのは犯罪になる。

すごく見たい……。

でも、見てはだめだ。

キッチンの片づけを終えると、フリンが戻ってきてビールの栓を開け、ごくごくと飲んだ。サブリナはフリンが携帯電話を取りあげて画面を見るのを待ったが、彼はそうしなかった。

彼女は自分の携帯電話を手にとった。「明日は〝曇りときどき晴れ〟だそうよ」そう言って画面の太陽と雲のイラストを見せる。

「絵を描くにはよさそうだ」フリンが言い、またビールを飲んだ。

サブリナが個人用のメールをチェックすると、母からメールが来ていた。母は再婚相手とサクラメントに住んでいて、週に一度は連絡してくる。彼女は返信を打ちながら、フリンがついに自分の携帯電話を手にとっていることに気づいた。

彼は画面をざっと見て、顔をしかめ、携帯電話をポケットに入れた。

危うく〝どうして顔をしかめているの？〟ときそうになった。フリンが何も言いださないので、サブリナは自分の携帯電話に注意を戻した。母宛のメールを打ち終わり、送信する。ベロニカがフリンの人生にこそこそと戻ろうとしていることを彼が話してくれないのが、不安でたまらなかった。

「ゼリーがかたまるまで何をする？」

「きく必要があるか？」

フリンがサブリナの手から携帯電話を取りあげ、腰をつかんで自分のほうに引き寄せた。顔をさげてキスをする。サブリナは彼の首に腕をまわし、キスを堪能《たんのう》した。

ふたりの胸と胸、腰と腰が、あつらえられたかのようにフィットしている。以前はどうして気づかなかったのだろう？　フリンが顔を傾けてキスを深めようとしたとき、彼の胸から低いうなりが聞こえた。

携帯電話が振動しているのだ。

またフリンのポケットからうなりが聞こえ、サブリナは唇を離した。「出なくていいの？」

「ああ」

フリンは彼女を連れてキッチンを出ると、キスをしながら階段をのぼっていった。

ベロニカにやきもちなどやく必要はない。フリンのベッドにいるのは私なのだ。

「あなたの部屋？　それともゲストルーム？」サブリナは甘えた声で言った。

「僕の部屋のベッドのほうが大きい」フリンは彼女を後ろ向きに歩かせた。「僕のプランを実行するには、広いスペースがいるんだ」

「まあ、本当に？」

「たぶんね。君は身もだえするほう？」

「どうしてそんなことをきくの？」

「君を味わいたいんだ。君の味を知りたい」

サブリナは脚のあいだがうずくのを感じた。

「いいかい？」彼がにやりとした。

彼女は言葉を失い、ただうなずいた。

フリンの寝室に入ると、彼はゆっくりとサブリナの服を脱がせ始めた。まずはセーターと、その下に着ていたTシャツ。そしてジーンズのファスナーをおろし、そのなかに両手を差し入れて、ヒップを包みこんだ。

「Tバックだ」フリンがうれしそうに言った。

「今度は何枚か持ってきたの」

「どうして最初は持ってこなかったんだ？」

「どうしてかしら？　友人であろうとしていたのかも」

「君はまだ友人だよ。ただし、今は特典付きのね」

ふたり一緒に笑ったあと、フリンが彼女のジーンズをおろした。サブリナは靴と靴下を脱ぎ、ジーンズから踏みだした。

「覚悟はいい？」フリンが膝をついたまま、彼女を見あげた。

サブリナが大きくうなずいた瞬間、彼は彼女のへそのすぐ下にキスをし、ショーツのウエストラインにそって舌を這《は》わせた。

サブリナは膝をぎゅっと閉じた。今にも身もだえしてしまいそうだった。

フリンがTバックを腿までおろすと、サブリナは彼の肩に両手を置き、下着から足を抜いた。フリンはそれを後ろへ放り、サブリナのふくらはぎを片手でそっとつかんだ。

「脚を僕の肩にかけて」彼が指示する。

サブリナは指示にしたがい、脚を開いた。秘めやかな場所をじっくり見られ、心臓が激しく鼓動する。フリンが彼女のヒップに手をまわし、体を前に倒してじっくりと味わいだすと、膝ががくがくしてきた。

彼は極上の甘い果実を味見するかのようにサブリナを堪能している。

ついに彼女は耐えられなくなり、叫び声をあげた。

気がつくとベッドに仰向けになり、胸をフリンの唇で愛撫《あいぶ》されていた。

サブリナは彼の頭をつかんで身もだえした。「お願い、フリン」

彼女はフリンのジーンズの前を開け、手で覆った。フリンが彼女の手のなかに自らを突きあげる。やがて高まりはかたく張りつめた。

サブリナは彼の胸を押して仰向けにし、彼のシャツを引きだした。そのあとジーンズとボクサーショーツを腿までおろすと、興奮のしるしが勢いよく飛びだした。

自分に思い直す間を与えず、サブリナは顔をさげて高まりを口に含んだ。

フリンはうなり声をあげると、彼女の後頭部に手をまわし、髪に指を絡ませた。サブリナが思いきって見あげると、歓喜と苦痛の入りまじった顔が見えた。ますます欲望を募らせたサブリナはさらに続けようとしたが、彼にとめられた。フリンは彼女の口をそっとはずし、息をついた。

彼はとてもすてきだった。裸の胸、しわくちゃになったシャツ、腿までさげたズボン。自然に乱れた姿がすごくいい。こんなフリンを見るのは初めてだ。これまで知らなかった面がどんどん出てくることにわくわくする。

　そんなことを考えていたら、またしても驚かされた。

「仰向け？　四つん這《ば》い？」彼がにやりと笑った。「両方するつもりだが、最初はどちらがいいか君が決めてくれ」

15

「欲望を満たすためだけにセックスをしたことは一度もないのか？」フリンは尋ねた。

　彼はたった今、絶頂を迎えたばかりだった。サブリナの上になり、彼女の燃える目に見つめられながら、のぼりつめたのだ。僕たちはじつに相性がいい。それは確かだ。

　そして今、ふたりはベッドに仰向けになり、シーツを適当に体にかけていた。フリンは右手をサブリナの左手に絡ませ、親指で彼女の親指をさすっていた。

「それってそんなに信じられないこと？」サブリナが顔を横に向けて尋ねた。

「ああ。たった今爆発させた情熱を抑えられたとはとても思えないからね。そういうときはどうしていたんだ?」

「なんとかしたわ。そういえば、ベロニカと別れてから、あなたも女性とつきあっていないわね」

元妻の名前が出たとたん、フリンは口もとをゆがめた。正直に言えば、ベロニカが浮気をしているとわかって以来、誰もほしくなくなったのだ。彼女にもう愛されていないと知って落ちこみ、彼女がジュリアンと寝ていると知ってさらに落ちこんだ。ベロニカとジュリアンのどちらが憎いかわからないので、ふたりとも憎むことにした。憎しみは薄れたものの、怒りはまだある。今日、何度かベロニカから謝罪のメッセージが来た。それで怒りが嫌悪に転じた。

彼女は間違いなくジュリアンに飽きている。兄はキャンバスを前にしていると魅力的に見えるが、責任感はまったくない。それに、ジュリアンは誰よりも自分が大切なのだ。ベロニカは兄弟を比べ、どんなに金や家屋敷があってもジュリアンではだめだと気づいたのだろう。それがわかって、フリンは少し胸のすく思いがした。

「彼女から連絡が来た」彼はサブリナに言った。

「知っているわ」彼女が後ろめたそうな顔をした。「カウンターをふいていたとき、あなたの携帯電話の画面に彼女の名前が表示されたのが見えたの。でも、本文は読んでいないから」

「後悔しているってさ。知っていたけど」

「みんな知っていたんじゃない?」サブリナがおどけて言った。

「別れたあと、僕が誰ともベッドをともにしなかったのは、傷ついていたからなんだ」こんなことは誰にも認めたことがなかった——自分自身も含めて。

「彼女とはこうなると予想すべきだったよ。兆候があったのに。どうして見落としたんだろう? たぶん会社のことで頭がいっぱいだったからだな。下手な言い訳だが」

僕はベロニカを満足させようと努力した。だが、彼女の欲求は底なしだった。

「だけど、それは本当のことよ」サブリナはフリンの手をぎゅっと握ってから放し、横向きになって彼と向かい合った。「彼女の浮気を知ったとき、彼女をまだ愛していたの？　それとも、もう心が離れかけていた？」

「離れかけていた……かな。どうだろう。それぞれ別の船に乗って海を漂流している感じだった。下手なたとえだな」

「ええ、最悪ね」

フリンが小さく笑った。「かつては愛し合っていたんだ。食べる時間も寝る時間も惜しんで、ひたすら……」彼は最後まで言わずに口をつぐんだ。親友であろうがなかろうが、僕と元妻の過去の営みについてなど聞きたくはないはずだ。「いつも一緒にいたいと思っていた。わかると思うけど」

「じつは、わからないの」サブリナは部屋を見まわし、どこを見るともなく話した。「これまでつきあった恋人を挙げていった日、私の恋愛経験はなんて惨めなんだろうと思ったわ。すっかり心を奪われた人も、ひとりかふたりはいた。だけど、愛という言葉を口にしたことは一度もなかったの」

「一度も？」

そんなことは聞きたくなかった。誰もが愛し愛される気持ちを味わう資格がある――少なくとも一度は。たとえそれが見当違いだったとしても。

「ええ。それで何か変わるとは思わなかったし」

「その男たちは誰ひとりとして、君に愛されたいと思わなかったのか？　フィリップあたりは愛の言葉を熱くささやいたんじゃないかと思っていたよ」

「そういえば、彼は言っていたわね」サブリナの笑い声が、長いあいだフリンの胸にあったかたいしこりをとかした。「フィリップは私がそういう気持ちじゃなかったことを知っていたの。それで傷ついていた」彼女は唇を噛《か》んだ。「別れたとき、〝もうこれ以上二番手に甘んじることはできない〟と言われたわ。彼は私があくまであなたを求めていると思っていた。彼が今の私たちを見たら、それ見たことかと笑うんじゃないかしら。一緒に暮らして、一緒に寝ているんですもの」

今、僕とサブリナがセックスをしたのは確かだ。そして彼女がここで暮らすあいだ、もっとセックスをするつもりでいるのも確かだ。だが、サブリナが僕と一緒に暮らし、一緒に寝ているとはっきり言葉にされると、なんとなく不穏な感じがする。

もし誰かが真実を知ったら、なんと言うだろう？ゲージとリードが知ったら。ベロニカが知ったら。ジュリアンが知ったら……。

「たしかに」フリンは、これまで思いつきもしなかった影響のことを考えながらつぶやいた。この瞬間まで、気分転換のために楽しむことしか頭になかった。長い間を置いてから、声に出して言うつもりのなかった別のことを告げた。「君は愛し愛される資格がある。少なくとも一度は」

「そうね。そうかも」サブリナはじっと考えているようだ。

フリンは考えるより警戒心のほうが先に立った。サブリナは深い愛を見つけてしかるべきだけれど、その相手は僕ではない。僕はセックスの相手としては向いている。いい友人でもある。でも愛するのは、もう勘弁してほしい。

一度ひどい目にあった以上、再び深みにはまる危険を冒すつもりはない。彼女とは岸にいるほうが安全だ。とはいえ、サブリナにはもっとふさわしいものがあることを知りながら、ここに縛りつけるのは間違っている。

サブリナが大切だから手放すことはできないし、縛りつけることもできない。フリンは暗い気分になり、それから一時間ほど、眠る彼女を抱いて天井を見つめていた。


絵筆を手にしたのは本当に久しぶりで、サブリナはどこから手をつければいいかわからなかった。だが、真っ白なキャンバスに最初の線を引くと、手も自然に動きだした。

ヘッドフォンから流れる音楽に合わせて踊りながら、最初の線をキャンバスに描いた。小鳥の形を描くころには、自信もみなぎっていた。

小鳥に彩色したあと、極細の筆でとがったくちばしとひょろっとした脚を描く。それから小鳥を細い枝にとまらせ、若芽と緑の葉を加え、背景に淡いブルーを足して描きあげた。

ヘッドフォンをはずすと、イーゼルから少し距離を置いて立ち、自分の作品を眺めた。まだ乾いていないし、完璧とはほど遠いけれど、この絵は自分のものだ。自分の想像力から生みだし、アクリル絵の具で命を吹きこんだ。

かつては絵を描くことに自信を持っていた。作品が売れるようになろう、展覧会に出せるようになろうと努力したものだ。だが、その夢は徐々に薄れていった。絵筆と絵の具をクローゼットにしまい、キャンバスを片づけた。日常と家族と友人たちに気をとられ、趣味を楽しむ時間や余裕がなくなった。

サブリナは眉をひそめた。好きだったのにこれまでおあずけにしていたことが、ほかにいくつあるだろう？

「それはなんだい？　雀《すずめ》？」フリンが腕に洗濯物のかごをかけて階段をおりてきた。

「こがらよ」サブリナはフリンを見て微笑《ほほえ》んだ。

「洗濯はどこかに頼んでいるんだと思っていたわ」

「ああ、洗濯機に頼んでいる」

「学生時代は私がしてあげていたわね。あなたは洗濯が嫌いだったから」

「洗濯が好きな人なんているのか？」彼が笑った。

「君の手は必要ないから安心して」

なんだか〝君は必要ない〟と言われたみたいで気に入らなかった。私のアイデンティティはフリンに必要とされることにあるのだ……あまり考えたくないけれど。

「この子にお友達を描くことにするわ」サブリナは首をかしげて絵を眺めた。「寂しそうだから」

「どうして？　この鳥は一生連れ添うんじゃないのか？」

「じつはそうじゃないのよ」こがらを描く練習をしたときに調べた。悲しいことに、このかわいい小鳥は一生連れ添うタイプではないのだ。「子孫をつくるときしか一緒にいないの」

「たしかにいるね。セックスするためだけに一緒にいるやつ」

サブリナの笑い声は弱々しかった。そのコメントが重石《おもし》のように胸にのしかかる。まるでフリンと自分の状況のように聞こえた。

「何か放りこむものがあればどうぞ」彼が首を傾けて洗濯室を指し示し、その方向へ歩いていった。

フリンが学生時代に住んでいた寮の部屋を思い出す。衣類の山からきれいなシャツを探している彼を、横に座って見ていたものだ。その思い出は鮮やかで、とてもなつかしい。

お互いにどういう存在なのかを思い出すと、心が落ち着いた。私はそこらの都合のいい女ではないし、フリンはたまたま出会ったすてきな男性ではない。彼は私が誰よりもよく知っている人なのだ。

サブリナはパレットをすすぎ、絵筆を洗いながら、以前は考えたこともなかったことを考えた。特典付きの親友以上になる可能性が本当にあったとしたらどうする？　何年もそれを見過ごしていたとしたら？　今まではそれぞれほかの人とつきあっていたし、ふたりとも友人としての役割を完全に受け入れていた。次のレベルに引きあげようなんて思いもしなかった。

でも、ただの友達以上のものが、ただのセックス以上のものが、私たちのあいだにあるだろうか？　次のレベルへ移る可能性があるとして、思いきって試してみる勇気が私にあるの？

そのとき大きな手で腰をつかまれ、サブリナは飛びあがった。落とした絵筆がステンレスのシンクで大きな音をたてる。

「もう！」くるりと振り返ると、得意げな顔をしたフリンがいた。サブリナはふざけて彼を突いた。

「こういうあなたって好きじゃないかも」

フリンが顔をさげて口と口を近づけた。「それはどうかな。君はこういう僕が好きだと思う」

サブリナは言い返さず、顎をあげて、彼の唇にすばやくキスをした。だがフリンはすばやいキスでは満足せず、むさぼるように口づけて彼女のウエストに両腕をまわした。サブリナはキスの快感にわれを忘れ、彼の首にしがみついた。

やがてキスを終えると、彼女は幸せそうにため息をつき、ゆっくりと目を開けた。「あとでプランがあるの。絵を描いて洗濯してキッチンでみだらなことをしてばかりはいられないわ」

「どんなプラン？」

人差し指でフリンの首を下へとたどり、シャツの襟にそって滑らせる。そのサプライズは内緒にしておくことに決めた。

「今にわかるわ。でも、まずは髪を整えてお化粧をして、この汚い服を着替えなくちゃ」

「手伝わせてくれ」

フリンが絵の具の飛び散っただぶだぶのＴシャツの襟ぐりをずらし、肩にキスをした。サブリナは頭のなかが真っ白になった。

「あ、でも私にさせてくれたらもっと楽しいわ」サブリナは甘い声で言い、彼の手から逃れた。あとずさりしてキッチンを出ると、Ｔシャツの裾を持ちあげておなかをむきだしにし、フリンをからかって楽しむ。「この汚れたＴシャツを洗濯機に放りこんでくるわね」

「うまくいくと思うかい？　服を着ていない君が先に行けば、必ず僕があとをついてくるとでも？」彼はそう言いながらも、後ろ向きに廊下を歩くサブリナのあとをついてきた。

サブリナはＴシャツを頭から脱ぎ、フリンに投げつけた。彼は顔にあたる前にキャッチして、じつにうれしそうにサブリナをにらみつけた。

「ええ、思うわ」彼女はスウェットパンツをおろし、黒いレースのショーツをあらわにした。肩越しに振り返ると、フリンの視線がサブリナの体に釘《くぎ》づけになっていた。その目には灼熱《しゃくねつ》の炎が燃えている。

「君の言うとおりだ」彼がにやりと笑い、いきなり走りだした。

サブリナは叫び声をあげ、笑いながら洗濯室に向かって長い廊下を走った。半分も行かないうちに追いつかれたが、まったく抵抗しなかった。

16

サブリナが〈チャックのコメディクラブ〉の前で車をとめた。「さあ、到着よ！」

「冗談だろう」

「いいえ、真剣よ」

フリンの驚いた様子を見て、彼女はすっかりご満悦のようだった。それも当然だ。さっきからサブリナに驚かされてばかりだ。彼は車をおり、駐車係に鍵を渡しているサブリナに追いついた。

〈チャックのコメディクラブ〉は以前からあるが、オーナーが変わり、店がまえは新しくなっている。

「ここには三回か四回くらい来たことがあるな」フリンは思い出して微笑《ほほえ》んだ。「でも、こんなに洗練された感じではなかったと思う。駐車係なんていつからいるんだ？」

「でしょう？　日記を見たら、ある晩みんなで〈チャックのコメディクラブ〉に行ったって書いてあったの。今もあるかどうか調べたら、まだ営業しているうえにクーポンも見つけたのよ！」

サブリナは彼を驚かせ、今夜の費用を負担することにこだわった。フリンは異議を唱えたが、最終的にはあきらめた。彼女にはお返しに何か買ってやろう。絵の道具とか。

彼はサブリナの手をつかんだ。まるで出会った日から手をつないでいたかのように、指と指がするりと絡み合う。過去にも彼女に触れたことがあるが、性的な意味はなかった。あのキスまでは。

あのキスがすべてを変えたのだ。

今日、洗濯室で熱く激しいセックスをした。そのあと僕は、サブリナが脱ぎ捨てた衣類を洗濯機に放りこみ、透明なふたを通してふたりの衣類がまじり合うのを見つめた。彼女のTシャツとズボンが僕の衣類と絡み合っていた……まるで愛を交わすかのように。

今、サブリナは膝上丈の赤いAラインのワンピースを着て、ハイヒールをはいていた。喉もとではシンプルな金のチェーンが光っている。彼女が身支度をすませてゲストルームから出てきたときから、フリンはそのドレスを脱がすことしか考えられなかった。

ふたりの席はホールのなかほどだった。出演するのは名前も聞いたことのないコメディアンで、サブリナも知らないとのことだった。フリンはビールを頼み、彼女はカクテルを頼んだ。そして、前座の演目を最後まで見た。かろうじて。

お情けで拍手をすると、フリンは彼女に体を寄せてささやいた。「前座がこれならメインも期待できないから、帰ろう」

「だめ。最後まで見るの」サブリナがささやき返す。「それに、まあまあおもしろかったわ」

出来の悪いコメディでも彼女がおもしろがることには驚かなかった。サブリナはどこにでも、なんにでも喜びを見つけることができるのだ。

深呼吸をして再び彼女の手をとる。こんなふうに自由にサブリナに触れることができる幸運に、彼は驚嘆して頭を振った。

メインのコメディアンが紹介されると、フリンは心を決めた。あのコメディアンがどれほどつまらないジョークを披露しようと、ショーを楽しもう。サブリナと一緒にここにいるのだから。彼女は何に対しても前向きに取り組む。僕はそれをずっと前から知っていた。そのサブリナがセックスを楽しみ、僕が彼女とのセックスを楽しむなんて、驚くべきことだ。

メインの演目の途中で、フリンの携帯電話が二度振動した。彼は三度目でポケットから取りだし、画面を見た。

そこにはベロニカの名前が表示されていた。

フリンはメッセージを読んだ。こんなものは無視してしまいたい。ベロニカは何をするにも大げさに騒ぎ、注意を引きたがる。だがやはり、無視することはできなかった。

彼は小声で悪態をつき、サブリナに〝ちょっと外に出てくる〟とささやいてホールを出た。そして受付とバーカウンターの前を通り過ぎたところで、ベロニカに電話をかけた。

「ああ、フリン。電話をかけてくれて助かったわ」

彼女は明らかに取り乱していた。単に気を引くためのメッセージかと思っていたが、本当に怯《おび》えているようだ。

「何があった？」

〝この屋敷は広すぎる〟、〝ジュリアンは留守〟、〝物音がした〟――そんな言葉が聞こえたが、なんの用なのかはっきりしない。

「ジュリアンはカリフォルニアで展覧会があって、私はこのばかでかい家でひとりきりなの」ベロニカの声は震えている。「物音がしたんだけど、誰かが押し入った音なのかどうかはわからないわ。家がきしんだ音かも」

あの屋敷に誰かが押し入るというのは考えにくい。塀で囲まれた住宅街にあるし、屋敷には警報装置も設置されている。

「古い家だから、たぶん家がきしんだんだよ。どんな音だったんだい？」

「ぴしっ、とか。ぽん、とか」

彼女の表現する音を聞くかぎり、強盗とは思えない。

「ここに来て見てくれない？　あなたに頼むのは心

苦しいんだけど……」

フリンは心の底からため息をついた。ベロニカは本当に怖がっているわけではない。僕に会いたいのだ。今週受けとったメッセージは、〝後悔している〟と〝あなたが恋しい〟の繰り返しだった。それを考えれば、この状況すべてがうさんくさい。

「ベロニカ、家のなかに誰かがいると思うなら、寝室のドアに鍵をして警察に電話をかけるんだ。僕は今すぐ出たとしても、そっちに着くのに四十分はかかる」

ふたりのあいだに沈黙が流れる。やがてベロニカが口を開いた。

「防犯カメラと警報装置は確認したわ。どっちもスイッチは切られていなかった」彼女がばつが悪そうに言った。こんなことを言ったら真剣に取り合ってもらえないのがわかっているかのように。

ベロニカのことは心配だが、操られるのはまっぴらだ。

「怖いなら、電話をかけて警察を呼ぶんだ」

「でも……あなたがここに来てくれたら……話ができると思って」

「君と話すことは何もない。しかもジュリアンは留守なんだろう。僕は今、デート中なんだ。だからもう行かないと」

「誰とデートしているの？」傷ついた声で彼女が尋ねた。

フリンはひと呼吸置いて、言うべきかどうか考えてから答えた。「サブリナだ」

「やっぱり」ベロニカの口調は悪意に満ちていた。「あなたたち、ずっとお互いに熱をあげていたものね」

「僕と彼女が互いに熱をあげていたという事実はない。僕が熱をあげていたのは君だ」声を張りあげなければならなくなる事態に備え、出口のほうへ歩いた。「君ひとりだ。君が僕に熱をあげていたときもあった。ジュリアンに熱をあげる前だが」

突然、苦痛がこみあげてきたので、怒りでごまかした。

「今はジュリアンが君の夫なんだから、パニックになったらジュリアンに電話しろよ。いずれにせよ、僕はそっちへ行くことはできない」

フリンは電話を切り、携帯電話の画面をにらみつけた。

「どうかしたの?」背後からサブリナのやさしい声がした。振り返ると、彼女が両手でクラッチバッグを抱えて立っていた。「なかなか戻ってこないから、お会計をすませたわ」

「君は最後まで見ていればよかったのに」元妻の策略に引っかかったのが悔しい。「電話をとらなきゃよかったんだが、彼女からのメッセージがあまりにも……」

「彼女? ベロニカのことね」

「屋敷に誰かが押し入ったんじゃないかと怖がっていた。警察に電話しろと言っておいたよ」

サブリナの美しい顔に懸念が広がる。「様子を見に行く必要があるなら……」彼女はそこで言いよどんだが、さらに続けた。「ベロニカの無事を確認しに行っても、私はかまわないわ」

ああ、サブリナはなんとやさしいのだろう。彼女は以前からベロニカに好意を持っていなかったのに。

「デートを切りあげてベロニカのところへ行けというのか?」

「それであなたの気がすむなら、そうしてほしいわ。あと、ベロニカの気もすむなら」サブリナは唇をゆがめた。「彼女には無事でいてもらわないと。これ以上、彼女のせいであなたに傷ついてほしくないの」

その言葉がフリンの胸に響いた。

彼は携帯電話をポケットに入れ、サブリナにキスをした。彼女のふっくらした唇にわれを忘れる。体を離すと、フリンは頭を振った。人生で最悪のときにそばにサブリナがいてくれて、運がよかった。

「ベロニカはきっと大丈夫だ」

サブリナがコートを着た。「確かめる方法はひとつよ。行きましょう」

「君も行くのか?」

「ええ、もちろん」


道がすいていたこととサブリナが車を飛ばしたおかげで、三十五分で母の屋敷に到着した。フリンは道々ベロニカにメッセージを送り、サブリナの提案で一緒にそちらへ行くことにしたと知らせた。ベロニカは気が変わって断ってくるかと思ったが、予想ははずれた。彼女が本気で僕を取り戻そうとしているか、本当に今夜は見知った顔を見ないと不安なのかのどちらかだろう。

彼は、手入れの行き届いた芝生のまんなかに堂々と立つ屋敷を見つめた。子供のころと同じに見える──母が丹精したばらの茂みが消えていること以外は。母が亡くなって三年後にこの家を出たが、恋しいと思ったことはなかった。父もダウンタウンのペントハウスに移り、ここにはいなかった。僕がたまに立ち寄るのは、単に母を偲《しの》ぶためだ。

ベロニカがチェリーレッドの玄関ドアを開けた。

「サブリナ」軽く会釈して言う。「今夜ここに来るのはさぞかしいやだったでしょうね」

サブリナが辛抱強く微笑んだ。「ワインを一杯いただけるかしら? それから、ここまで来た甲斐《かい》があったかどうか考えるわ」

ベロニカがふたりになかへ入るよう促した。フリンはサブリナの後ろから母の家に入った。母が生きていたころと同じ、家庭的な雰囲気が満ちている。

母はいつも家のなかが心地よくなるよう整えていた。

「ここよ」ベロニカが引き出しを開けて懐中電灯を取りだした。「これを使ってクローゼットを見てくれる？　それにベッドの下も」

　ベロニカが寝ているベッドなど見たくもないが、フリンはうなずき、サブリナに尋ねた。「ベロニカとふたりで大丈夫か？　一緒に来る？」

　ベロニカがワインのボトルを冷蔵庫から取りだした。「私だって友好的になれるわよ。ねえ」

　サブリナがフリンにウインクをした。「ベロニカと私はワインをいただいているから、あなたは悪者を退治してきて」

「わかった」サブリナならひとりで大丈夫だ。フリンはうなずき、懐中電灯をつけて廊下を歩き始めた。

17

　サブリナはベロニカからワイングラスを受けとり、ワインをひと口飲んだ。おいしい。ベロニカは最高級品しか求めないに違いない。

　サブリナが座る朝食用カウンターは、巨大なキッチンの中央にあった。ステンレスのガスコンロは八口で、レンジフードには装飾が凝らしてある。ずらりと並ぶキャビネットは豪奢《ごうしゃ》なクリーム色で塗装され、金の取っ手がついていた。

「美しいキッチンね」あたりさわりのないことを言う。

　サブリナはフリンにひとりでここへ来させるつもりはなかった。元妻とのあいだに何か起こると思ったわけではないが、ベロニカからは目を離さないほうがいい気がしたのだ。

「あなたが彼を好きなのは、ずっと前から知っていたわ」ベロニカが言った。

「彼はずっと親友だった。つきあうつもりはなかったわ。たまたま……そうなってしまったというか」

サブリナは正直に答えた。

「あら、そう」ベロニカがしだいにいらつき始めた。

「本当よ」サブリナは意に介さず続けた。「バレンタインデーは友人として一緒に出かけたの。彼をオフィスから引っ張りだすためにね。今にもストレスに押しつぶされそうだったから」あなたのせいでね。

「キスは彼のほうからしてきたのよ」

ベロニカの顔に浮かんだ表情は見ものだった。サブリナは思わず携帯電話を取りだして写真を撮りたくなったほどだ。

「もう一度キスしてと言ったのは私よ。それ以上はふたりとも考えていなかったわ。少なくとも私は考えていなかった。私は仮説を試したかっただけで」もう一度キスをしてときめかないことがわかれば、また友人同士に戻ることができるというその仮説は、とっくに間違いだと証明されている。

「そんな関係って長続きするのかしら？」ベロニカが吐き捨てるように言った。「あなたは様子を見たいんでしょうけど」

さあ、戦いの始まりだわ。

「ええ、どうなるか見届けたいわ。うまくいくかどうかなんて、試してみないとわからないもの。あなたが喜んでくれるとは、はなから思っていなかった。でも、私たちがここに来た理由はそれとは関係ないわ」サブリナはわざと〝私たち〟という言い方をした。「あなたに恐怖に怯《おび》えたまま夜を過ごしてほしくなかったからよ」

ベロニカがワインをひと息に飲み、ボトルを傾けてまたグラスに注《つ》いだ。「それはご立派ですこと」

サブリナは礼儀正しく接しようと思っていたが、ベロニカにその気はないようだ。

「フリンを裏切るなんて私には理解できないし、自分の気持ちにしたがったあなたをねたましくも思わない。あなたはフリンのお兄さんと情事を始める前に、離婚するべきだったのよ」

ベロニカはたっぷり五秒間サブリナを見つめてから言った。「あなたには関係ないことでしょう？」

「私は今夜、フリンの味方としてここに来たの。だから関係はあるわ」

ベロニカが見くだすように笑った。「フリンがあなたとつきあっているのは離婚の反動にすぎないのに、その関係がずっと続くと思っているのね？」

サブリナはたじろいだ。

ベロニカがあわれむように眉をひそめた。「彼と結婚して、子供を産んで、すばらしい人生をともにするとか、いろいろ空想しているんでしょうけれど……」彼女がため息をついた。「率直に言うわね。あの人はそういうことに向いていないの」

「私は一日一日を積み重ねているだけよ。別れを気にして時間を無駄にするつもりはないわ」

「あの人、今働いていないんでしょ？　何日か前にオフィスに電話をかけたら、フリンは休暇中だってリードに言われたわ。あなたも一緒に休暇をとっているの？」

唐突に質問を投げかけられ、サブリナは答えるのに一瞬の間を要した。「私たちは……同時に休暇をとったのよ」

「一緒に仲よくどのくらい休むのかしら？」

意地の悪い笑みを浮かべるベロニカに、サブリナは率直に答えた。「聖パトリックデーあたりから復帰するつもりよ」

「ひと言助言させて。今、あなたは〝バケーション版のフリン〟と一緒にいるの。私もタヒチにいたその彼を覚えているわ」

ベロニカのまなざしが穏やかになる。まるでその休暇を思い出しているかのように。

サブリナはむかつきを覚えた。

「ともかく」ベロニカが続けた。「〝バケーション版のフリン〟は〝ワーカホリックのフリン〟とはまったくの別人よ。彼がオフィスに戻ったとたん、楽しいロマンスが終了しても驚かないで。そのうちわかるわ。あの人は恋愛と仕事のバランスをとることができないの」

胸の奥から怒りが湧きあがってきた。見くだしたような話し方をされるのも、自分の未来を予言されるのもごめんだ。とくにこの女性からは。

だが、認めたくはないけれど、ベロニカが言っていることは正しい気がする。フリンが友達づきあいと仕事のバランスをとれないところは、すでに目の当たりにしている。だけど、ベロニカが正しいとは思いたくない。

「離婚はフリンの働きすぎのせいだと言っているの？　でも彼のお父さんは末期の癌《がん》で、フリンは大企業を経営しなければならなかったのよ」

そして、彼にもっと働くようけしかけていたのはベロニカだ。彼女は自分の欲望を満たすため、嬉々《きき》としてフリンを働かせていた。

「私たちの結婚がだめになったのは、ジュリアンとの浮気がきっかけじゃないわ」ベロニカが〝浮気〟という言葉を使ったことに、サブリナは心底驚いた。

「とっくに崩壊していたの。不貞行為があると、結婚生活は維持できなくなるものだから。言っておくけど、先に浮気をしたのはフリンよ。相手は〈モナーク〉社」

「ちょっと待って。仕事が彼の愛人だと言うつもり？」

「社員の半分にやめるって脅され、彼を遠くに隔離するよう法務部に頼みこまれたんでしょう？」

「どうして知っているの？」

「私だって社内に友達くらいいるわ。フリンがエモンズみたいにふるまっていたことも知っている。今のフリンは仕事のことしか頭にない。まさにエモンズそのものよ」

サブリナは身をこわばらせた。まさにベロニカの言うとおりだ。そしてこの話が正しいなら、フリンとの関係が長くは続かないという彼女の主張も本当なのでは？

いいえ、そんなことはないわ。

サブリナは立ちあがった。「フリンは思いやりがあって心が広くてすばらしい人よ」

「ハニー、目が覚めたら愕然《がくぜん》とするわよ」

「いいえ、ハニー、私はとっくに目覚めているわ」

ふたりは互いを見つめ合った。

「異常なし」そのときフリンがキッチンに戻ってきて、懐中電灯のスイッチを切って朝食用カウンターに置いた。「いったいどうしたんだ？」

サブリナはベロニカから視線を引きはがし、彼を見つめた。

「何も問題はないわ」ベロニカが甘ったるい声で言う。「あなた方の関係が今後どうなるか、サブリナに警告していただけよ」

フリンは母の屋敷を出て以来、いつ何を言おうかずっと考えていた。サブリナに運転させないほうがいいのは明らかだった。コートを着るとき、彼女の手が震えていたからだ。彼はワインを飲んだから運転しないほうがいいと言って、キーを取りあげた。

サブリナは助手席に座り、腕組みをして窓の外を見つめている。

「サブリナ……」

「彼女を憎まないようにしていたの。でも憎んでしまっている」

「君は誰も憎んでいない」フリンは座席に寄りかかった。「ベロニカは憎むだけ損な相手だよ。本当だ。僕自身も何カ月も憎んでみたが、胸焼けがしただけだった」

サブリナは黙ったままだ。

「君をそんなに怒らせるなんて、彼女は何を言ったんだ？」

「あなたとベロニカが別れるのを、私がずっと待ちかまえていたみたい言われたわ。ぱっと襲いかかってあなたを奪うために」彼女の口から言葉があふれだしてきた。

傷ついているサブリナを見て、フリンの胸は痛んだ。バレンタインデーのキス以降ふたりのあいだに起こったことは、まったく想定していなかったことだ。

「それは事実ではないと僕らはわかっている」フリンはそう言うと、彼女の手をとって指にキスをした。

サブリナが再び口を開いた。怒りは多少おさまったようだ。「あなたはひどい人だって、何度も何度も言われたわ。それも事実じゃない」彼の腿をぎゅっとつかむ。「彼女はあなたを取り戻したいのよ。あなたも気づいていると思うけど」

「まったく、どういうつもりなんだか」

フリンはどっと疲れを覚えた。こんな会話はうんざりだ。また別の機会にしたい。いや、二度としたくない。

「本当にわからないわ。たぶん自分の欲求にジュリアンが応えてくれないことに気づいたのよ。パトロンだったあなたを手放したことを後悔しているんだわ」サブリナは腿をぽんぽんとたたいて謝った。「ごめんなさい。パトロンだなんて言って。あなたを侮辱するつもりはないの。もちろん私は、あなたのことをパトロンだなんて思っていないわ」

「わかっているって」フリンは半分笑いながら言った。彼女は僕の気分とプライドを損ねないよう気を使ってくれている。「ベロニカは君の神経を逆撫《さかな》でして、君を怒らせようとしたんだ。ほら、そのせいで髪が逆立っている」彼は片手をハンドルから離し、サブリナの髪を撫でた。「逆立っているのもいいね。とてもセクシーだ」

「今、私にちょっかいを出さないで」

「だめ？」

フリンが微笑《ほほえ》みかけると、サブリナも笑みを返してくれた。〈チャドのコメディクラブ〉を出て以来、やっと彼女が心から笑うのを見た。こんなことになったのは僕のせいだ。サブリナに集中すべきときに、ベロニカの様子を見に行くなんて。

「楽しい夜を計画してくれたのに、僕が台なしにしてしまった。あんなメッセージ、無視すればよかったんだ」

「いいの」彼女がため息をついた。「それに、困った女性を助けに走るような男性でなかったら、私は友達になっていなかったわ。あなたは正しいことをした。私が悪いのよ。彼女がどれほど怖い人か忘れて、行きましょうなんて言ってしまったから」

「埋め合わせをするって約束するよ」

「絶対よ」

「一緒にうちへ帰ろうか」

「〝うち〟っていい響きね」

たしかにいい響きだ。サブリナが一緒なら、なおさらいい。

18

フリンのペントハウスに戻ると、サブリナはチョコチップクッキーをつくると言い張った。

彼女のアパートメントの水道管の修理状況を確認したところ、進んではいるものの、まだ直ってはいなかった。サブリナはここに泊まることに文句はないようだし、自分も急いで帰ってもらいたいわけではない。彼女は一日の大半を絵を描くことに費やし、その合間に新しいレシピに挑戦して、あれこれつくってくれた。

フリンはソファに寝そべって雨を見つめながら、焼きたてのクッキーをがつがつと食べた。メールのチェックをしたくて手がうずくこともついになくなり、ビジネス書ではなく、またスパイ小説を読むようになった。そんなことをするのはじつに久しぶりだ。

大人になってからというもの、自分を高め、父から会社経営のノウハウを吸収することに必死だった。そして今、ずっとほしかった会社が手に入ったわけだが、それには父の死という犠牲を伴った。悲しみに対処するのは簡単ではなかったし、大好きな会社を経営するのはもっと難しかった。

〈モナーク〉社のオーナー兼社長となることは、予想していたことであり、予想外のことでもあった。父の跡を継ぐのは大変な仕事だとわかっていた。自分が父の後釜に座れば、マックが気分を害するだろうということも。だがその過程で自分が父みたいにふるまうようになるとは思ってもみなかった。休暇をとる前の自分は、父にそっくりだった。

僕が変わってしまったことをサブリナが根気強く

指摘してくれて助かった。彼女への感謝の念を、今夜はいつも以上に強く感じる。サブリナはソファで読んでいた本をキッチンのカウンターに置いて、ふたつのグラスにリキュールを少しずつ注《つ》いでいた。

「コーヒー豆はある？」

「あそこに」フリンは棚を指差した。

彼女はそれぞれのグラスに三粒ずつ落とした。ひと粒ごとに〝健康。富。幸福〟と言いながら。

サブリナがこちらを向き、あたためたリキュールのグラスを差しだしてきた。だが、フリンの両手はふさがっていた——彼女が読んでいた本で。

「何をしているの？」サブリナがぽかんと口を開けている。「今すぐその本を閉じて、グラスをとって」

「なぜだい？　きわどいシーンでもあるのか？」

「いいえ」だが、サブリナの頬は赤く染まっている。

彼はしおりがはさまれた箇所を開いた。大あたりだ。フリンはにやりとした。

「フリン」彼女が懇願するように言う。

「〝彼のキスにはリキュールのように酔わされる。しかも、そのききめはリキュールの千倍だ〟」彼はサブリナの懇願を無視して文章を読んだ。

「そこだけ抜きだされても」

サブリナがカウンターをまわってきた。フリンは後ろにさがりながら別の章を読み続けた。

「〝彼はあたたかな手をむきだしの背中に這《は》わせることで彼女の欲求不満を解消し、ドレスのファスナーを少しずつ引きおろした〟」

「フリン、お願い」彼女の声があせりを帯びる。

「読まないで」

「どうして？　僕がさっき読んでいたものよりずっとおもしろいよ」

フリンはわざとサブリナに追いつかせて、本をとりあげさせた。彼女は本を胸に抱きしめて表紙を隠した。

「そこに載っていることを試してみたいかい？」

サブリナは異議を唱えるだろうと彼は思った。だが彼女は頬をばら色に染め、唇を噛《か》んでいる。おそらく迷っているのだろう。フリンはサブリナを引き寄せると、胸の柔らかさを堪能《たんのう》した。

「僕のキスには酔わされる？」彼女の唇を軽く噛む。

「からかっているのね」サブリナは彼の胸を押した。

「からかってなどいないよ。その本に書いてあることとはなんでも試すと約束する」

彼女の眉がつりあがり、頬がさらに濃いピンクに染まった。「本当に？」

ヒーローが股間を蹴られるシーンはないはずだ。フリンは手をあげて宣誓した。「ああ。約束する」

「そういうことなら」サブリナはページをめくり、しおりをはさみ直して本を手渡してきた。

フリンはそのページにすばやく目を通し、にっこりして本をソファに放った。「君がこういうのが好きだとは思わなかったな」

サブリナが肩をすくめた。そのしぐさがかわいらしくて、たまらなくそそられる。

フリンは身をかがめ、彼女を肩に担ぎあげて、階段をのぼり始めた。サブリナの笑い声が彼の体を隅々まであたため、じめじめした雨の夜の寒さを追い払う。フリンは自分の寝室の入口で、彼女を立たせた。

キスをしてから、片手をシャツの下に差し入れ、じかにおなかに触れる。首にキスをし、舌を這わせるうちに、サブリナの呼吸が速くなった。フリンは手を上に滑らせ、胸の先端を親指でさすった。彼女が息をのむと、その口をとらえて舌を絡ませた。そしてもう一方の手で後頭部を支え、一緒にベッドのほうへ移動した。

サブリナのシャツを脱がせ、そのみごとな胸をじっくりと眺めてから、片方ずつ味見をする。そのとたん、苦しいほどジーンズがきつくなった。

「本では次にどうしていたか思い出せない」彼はキスの合間につぶやいた。

「ちゃんとできているわ」

フリンは微笑《ほほえ》み、体を引きあげて彼女の唇に唇を重ねてから、服を脱がせ、仰向けに押し倒した。

裸体をさらし、ため息まじりで僕の名前を呼ぶサブリナが好きでたまらなかった。僕は彼女とともに、仕事の試練が待つ未来ではなく、愛する人々に裏切られた過去でもなく、今現在を生きている。

サブリナとのセックスほどすばらしい気晴らしはない。だが、自分の一部が、それだけでは満足できないと主張している。これまではずっとそれを無視してきた。ふたりで一生幸せに暮らすという筋書きなど想像できないからだ。

そんな思いを押しやってフリンはサブリナのなかに入り、愛のリズムを刻んだ。そして、彼女の要求に応えられるよう最善を尽くした。

サブリナはまだ手足が震えていた。最後の強烈なオーガズムに襲われた瞬間、フリンの名前を叫びながら肩にしがみつき、背中を引っかいてしまった。

サブリナは彼の背中に指を滑らせながら謝った。

「ごめんなさい。傷ができてしまったわ」

「謝る必要はない」フリンが彼女の胸から頭をあげた。「誇れる勲章だ」

サブリナの顔から血の気が引いた。

「見せびらかすわけじゃない」フリンがそっと彼女から離れ、ベッドを出た。「誰にも言わないよ」肩越しに言い、バスルームに入っていった。

フリンが寝室に戻ってくると、サブリナは彼の裸身をほれぼれと眺めた。盛りあがった肩、たくましい腕と脚、引きしまったウエストとヒップ。まさに芸術品だ。

「いずれは言うことになる?」彼女はきいた。

フリンがぎゅっと眉根を寄せた。

「私たち、もうすぐ仕事に戻るわ。リードとゲージはもう、私たちがキス以上のことをしていると思っている。ほかの人たちも、私たちが一緒にいるときのふるまいが今までと違うことに気づくに違いないわ」気づかれないわけがない。こっそりと意味深長な笑みを送ったり、触れたりせずにいられるかどうか、自分でも自信がなかった。「となると、人事部が内密にするよう言ってくるかも」

一緒に休暇を楽しんできたけれど、現実が忍び寄りつつあった。フリンと私の関係は大きく変化した。私の本来の目標は、彼にかつての自分を取り戻させることだった。だがその一方で、何か危うくなっているものはないだろうか?

私にはフリンの友情が必要だ。彼は私の毎日を明るくしてくれる。人生を明るくしてくれる。私にも価値があると、大切な人間だと感じさせてくれる。フリンが結婚しているあいだ、彼がこちらを見てくれることを自分がどれほど必要としていたか、今ならよくわかる。

もしもセックスがフリンとの友情を危険にさらすなら……その道を選ぶことはできない。

「人事部のことは僕に任せて」彼がサブリナの眉間にキスをしてベッドに入ってきた。

私が絶対に受け入れられないのは、フリン自身を失うことだ。セックスがどんなにすばらしくても、そのために友情を危険にさらす気はない。

サブリナは毛布の下で彼にすり寄り、目をぎゅっとつぶった。

私は〝彼の隣にいる女〟から、〝彼がなかにいる女〟になった。その変化は大きい。ベロニカは、私がフリンと結婚して、子供を産んで、すばらしい人生をともにするとか、いろいろ空想しているのだろうと言ったが、それは違う。ただ、職場でどうやって彼と一緒に仕事をしていくかは考えている。それは、フリンとのある種の未来を予定しているということだ。

なぜ？

〝彼を愛しているから〟

もちろん、愛している。学生以来の親友だもの。

〝あなたは彼を男性として愛しているのよ〟

そんなことはないわ。サブリナは無言で反論した。私はフリンを男性として愛しているわけではない。友人として愛しているのだ。

〝それだけじゃないでしょう？　ちゃんと考えて。毎朝、目を開けて隣に寝ている彼を見るのが待ちきれないでしょう？　毎晩、この休暇が終わることに怯《おび》えながら彼の隣で眠りについているでしょう？自宅の水道管が永遠に直らなければいいと心の奥底では願っているでしょう？〟

寒気に恐怖が加わって、サブリナは身震いした。これまで誰かを深く愛したことはないし、フリンを愛する予定もなかった。それに、彼が私に愛されたいなんて思っていないこともわかる。ベロニカと別れたあと、永遠に愛を断つと誓った彼を、誰が責められるだろう。

〝だから彼はあなたとベッドをともにしたのよ〟

私はフリンにまとわりつかないけれど、彼のためにチョコチップクッキーをつくる。私はフリンが友人に望むすべてであり、おまけに情事まで提供する。

〝反動〟という言葉が頭のなかで躍った。

私はフリン・パーカーを愛してしまった。私の親友を。

〝彼は情事の相手でしょう？〟

彼は、私が最も心を捧《ささ》げるべきではない相手でもある。

だから捧げる気はない。

リキュールのグラスはキッチンのカウンターに置いてきてしまったが、サブリナは今すぐそれを飲みたくなった。

フリンの腕の下からそっと抜けだす。彼は寝息をたてているので目を覚まさないだろう。彼女は闇のなかで手探りして自分の服を探し、身につけた。

忍び足で階段をおり、リキュールのグラスをつかんで、ソファで膝を抱えた。脚に毛布をかけ、雨音を聞きながら、窓を流れる雨とぼやけた街の明かりを見つめる。

私はフリンを愛してしまった。でも、なんとか後戻りできるだろう。簡単なことだ。難しいわけがない。私は十年以上、彼の親友だった。フリンとベッドをともにしたのはたった数週間だ。残りの休暇で、友人としての愛と本物の愛を切り離す方法を見つけよう。

お互いのために。

サブリナはリキュールを口に運び、三粒のコーヒー豆をじっと見つめた。

健康、富、幸福。

三つのうちふたつがあれば充分だ。

19

サブリナとフリンが会社に戻って、一週間と少しが過ぎた。することは山ほどあり、彼女は最初のうち、破裂しそうなメールの受信箱のこと以外、何も考える時間がなかった。

先週、家主から電話があり、水道管がやっと直ったと言われた。サブリナはてんてこ舞いの仕事のかたわら、配管工が散らかしたものの片づけや荷ほどきをした。

ひとりきりの空間は、思ったほど楽しくなかった。洗濯と食事の支度に集中し、ミセス・アバナシーが置いていった新しいロマンス小説には目を向けなかった。フリンと愛し合っているのかどうかという悪気のない質問もうまくかわした。ミセス・アバナシーはサブリナの沈黙を肯定と受けとった。関係が破綻したとは考えずに。

フリンも破綻したとは思っていないけれど。サブリナは何も話していなかった。

仕事に戻ると、ふたりの距離は自然と離れた。フリンはひと月も休んでいたのでとても忙しく、夜遅くまでオフィスに残っている日もあった。

これは、彼を〝友達〟に戻すいい機会だ。フリンも私も、この一カ月のことは一時の火遊びとして片づけて、日常に戻ることができる。

目標をちゃんと達成したのに、どうしてこんなにつらいのだろう。フリンはもう、怒った怪物のようにどすどす歩きまわっていないし、古参の社員たちも多少は彼を受け入れるようになった。すべてが正常に戻っている。

私を除いて。

フリンに夢中になるという過ちをなかったことにしようと努力したが、心は協力を拒んでいた。夜ひとりでベッドに横たわるとき、頭にはフリンのことしかなかった。ああ、大きくてあたたかくて私を守るように包んでくれる彼の体が恋しい。真夜中に目を覚ますと、いつも寝息が聞こえて……。

「やあ」フリンの低い声が響いた。

サブリナがノートパソコンから顔をあげると、戸口に彼が立っていた。高価なスーツを着て、糊《のり》のきいたグレーのシャツにシルバーブルーのネクタイを締めているフリンは、とてもすてきだった。

かつては彼を見て、〝友達のフリンがいる〟と思った。だが今彼を見て思うのは、〝そばにいて彼に触れたい〟ということだ。ああ、フリンに触れてその目が熱く燃えあがるのを見つめたい。彼に手をのばさずにいるのはまさに拷問だった。

「どうしたの？」サブリナは尋ねた。

「ようやくひと息つけたよ。リードとゲージが僕のメールを処理してくれていると思っていたのに、戻ったら大量のメールが待っていた。まったく、あいつらめ」

彼女は思わず微笑《ほほえ》んだ。「私も同じ。いないあいだ、誰も片づけておいてくれなかったわ」

フリンの目にくすぶり始めた火は、職場でははなはだしく場違いだ。彼はサブリナのオフィスに足を踏み入れた。

「会いたかった」

彼女の心臓が激しく打ち始めた。フリンは次に何を言うだろう？ デートに誘う？ 家に招く？ そう言われたら、どうやってノーと答えればいいの？ 呼吸よりも強く彼を求めているのに、イエス以外の言葉をどうしたら言えるのだろう？

「水道管はどうなった？」フリンが尋ねた

「あなたのおかげで、アパートメントは完璧よ」あなたが一緒にいないこと以外。

ゆうべはあのこがらの絵に、フリンとの会話を思い浮かべながら、雌を一羽描き足した。セックスのためにしか一緒にいない、戯れの恋をする小鳥たち。

まるで私たちのようだ。あの小鳥たちを見ると、自分が失ったものを思わずにはいられなかった。

とはいえ、こちらを見るフリンは、何かを失ったような顔はしていない。何かを変えたいような顔も。その証拠に、彼はこう言った。

「ちょっと時間をつくれないかな？」フリンの眉がわずかにあがり、唇がすぼめられた。「今夜とか」

「今夜？」サブリナの脳がいっきに動きだし、適当な口実をつくりだした。「ごめんなさい。無理だわ。ルークが来る予定なの。最近相手をしてあげていなかったから、夕食をつくるって約束したのよ」

「だったら今週の後半とか」

サブリナは何も言わなかった。質問ではないからだ。

フリンがデスクのそばにとどまり、彼女のロイヤルブルーのワンピースに目を走らせた。「その服を脱がせたい。ルークとの約束は延期できないか？」

ここまでそそられると同時に恐ろしい誘いはない。イエスと言って、ルークとの夕食を取りやめにすることもできる。そうすればフリンとワインを飲み、ソファかベッドで愛を交わせるだろう。

服を脱いでフリンの腕に飛びこむ——申し分ないようだけれど、彼を愛することをやめるのには役に立たない。

「また今度にしましょう」サブリナはつぶやいた。「このワンピースはまたいつでも着られるわ」

フリンはデスクに身を乗りだし、顔を近づけてきた。そして唇が触れ合いそうになったところで、横を向き、彼女のノートパソコンの画面を見るふりをした。ミントの香りの息が漂う。

「わかった」そう言うと、彼は体を起こし、オフィスから出ていった。

サブリナは小さく息を吐いた。心のためには間違った判断だ。だけど、ふたりの未来のためには正しい判断だった。私と彼は一緒になる運命だと信じたい。だけど、そうではない気がする。目新しく楽しい気晴らしは、たちまち古びて枯れてしまうだろう。

完全にフリンを失うリスクは冒せない。永遠に彼と友達でいる道が、すぐそこにあるのだから。

とにかく、私は正しいことをするつもりだ。

フリンとの友情は、そうするだけの価値がある。

「話を整理すると、姉さんはフリンとつきあってもいないのに、別れるための方法を考えているってこと？」

ルークがサブリナの家のソファに寝転び、携帯電話の画面をスクロールしている。彼女は夕食をとりながら弟に思いの丈をぶちまけ、すべてを話した。いや、ほぼすべてを。弟にセックスの話をするのはさすがに気まずい。

「つきあっていないってどうして言えるの？」サブリナはキッチンから問いかけた。皿をすすぎ、食器洗浄機に入れる。「一緒に暮らしたのよ？　同じベッドで寝たし。それって、つきあっているでしょう？」

サブリナが〝ベッド〟という言葉を口にすると、ルークがぎょっとした顔をした。携帯電話を横に置き、じっと彼女を見ている。

サブリナは布巾を手にリビングルームに入り、ソファに腰をおろした。「何よ。言いなさいよ」

「少なくとも、フリン・パーカーを愛していることは自分で認めている？」

彼女はため息をついた。「認めているわ」

「その情報を本人に伝えない理由は？」

「あなたにずっと親友としてつきあってきた女性がいたとして、その女性から愛の告白をされたいと思う？　長く続かないとわかっているのに」

「まず」ルークが体を起こした。「そんなに長いあいだ友達としてつきあう女性なんか、僕にいるわけがない」

サブリナは眉をひそめた。「それは穏やかじゃないわね」

「本当だ。第二に」彼が二本の指を立てた。「長く続かないとフリンが思っているって、どうしてわかるんだ？」

「誓いのせいよ。結婚しないという」

「ばかばかしい」

以前なら同意したところだが、今はよくわからない。「彼は軽い気持ちで誓いを復活させたわけじゃないわ。つまり、私とのことは離婚の反動以外の何物でもないということになる」

「本当にそうなら、僕がけつを蹴飛ばしてやる」

フリンがそんな気持ちでいるのかどうかはわからないが、ルークが味方だとわかったのはよかった。

「姉さんが傷つくのは見たくない」

「私だって自分が傷つくのは見たくないわ」サブリナはキッチンに戻り、絞った布巾でカウンターをふき、話を続けた。「だから私は、プライドのかけらが残っているうちに、この件に決着をつけようとしているのよ。たしかにデートはうまくいっていたわ。一緒に暮らしているあいだはとても楽しかった。セックスも最高だ――」

ルークがうめいた。

「ごめんなさい。でも、言いたいことはわかるでしょう？　それを〝あなたを愛しています〟で終わらせることはできないのよ。私はフリンとは友人同士に戻ることに決めた。ただの友達に。知ってのとおり、私は一度こうと決めたらやり抜くから」

「ああ、知っている」ルークが近づいてきて、サブリナを見おろした。「本心からそうしたいのか？」

本心からではない。だけど優雅に退場する方法がほかにないのだ。

「あまり引きのばすと、この関係が一時的のものだという説明を、フリンにさせることになるわ」

「そうか」ルークはあきらめたような口調で言うと、冷蔵庫に向かい、ビールのボトルを取りだした。

「フリンより早く引き金を引くプランを立てよう」

彼女の胸に希望が満ちた。「ありがとう、ルーク！」

プランができるという高揚感と心の痛みがまじり合う。

これが最善にして唯一の解決策だ。私たちが終わったことをフリンに知らせたら、私の心も癒えるだろう。

サブリナはそう願うしかなかった。

20

〝絆創膏《ばんそうこう》を思いきり引きはがすようなもんだ〟昨夜、ルークはそうたとえた。

ルークは、フリンにメッセージを送ればいいと言った。でも文字で伝えるのは無理だ。私とフリンは仲がよすぎて、大事な話をメッセージでやりとりしたりしない。それに彼のことだから、アパートメントに押しかけてきて説明しろと迫るだろう。

フリン、リード、ゲージとの会議のために、サブリナはいれたてのコーヒーの入ったカップを持って会議室に入った。早いうちに自分の決断をフリンに伝えたいけれど、今は私的な話をするタイミングではない。

「来てくれてありがとう」リードがにっこり笑った。

彼女はフリンと目が合うと、さっと視線をそらした。重大な知らせが口から出かかっていて、目を見ることができない。

「ゲージ、この会議を招集したのはお前だ。みんなそろったぞ」フリンが発言権をゲージに譲った。

「マックとその仲間たちが、こぞって会社をやめるという脅しを引っこめた今」ゲージが口を開いた。「われわれは売り上げを相当増やす必要がある。利益が大幅に増えれば、全社でボーナスが出る。となるとフリンの顔が立つ。僕が担当する営業部門も顔が立つ。〈モナーク〉社も顔が立つ。会社が成長すれば、マックがまたやめると脅しても、おそらくついていく者はいなくなるだろう」

「成長には大賛成だ」フリンの目がぐっと細くなった。「ほかにも話があったよな」

「ああ。今度、専門家を連れてくる。僕のチームのコーチングを行う助っ人《すけ》《と》だ。とても評判のいい人物を見つけたのさ。『フォーブズ』誌で彼の記事を読んでいて、その人のウェブサイトに行きあたったんだ。受ける仕事をかなりえり好みをするが、〈フォーチュン五〇〇〉に入っている会社がいくつも彼の顧客リストに載っている」

「誰だよ、その魔法使いは？」リードが尋ねた。

「アンディ・ペインという男だ。正体不明で、ある意味レジェンド。まず手の届かない人物だ。電話ではつかまらないから、彼の秘書と話をするしかなかった」

「謎めいているな」リードが言う。「その人物がうちで働くことを公表してくれたら、マスコミの関心を引くことになってありがたい。フリン、お前はどう思う？」

サブリナが驚いたことに、フリンは彼女に向かって言った。「ずいぶん静かだね」

「アンディ・ペインって聞いたことがあるわ。彼のウェブサイトは黒の背景に名前くらいしか載っていないの。彼と仕事をしていることをうちのSNSでシェアしたら、売り上げなんてどうでもよくなるかもしれない。彼がかかわっているというだけで、株主の支援を得るには充分よ」サブリナはゲージを見た。「なかなかやるわね」

「どうも」ゲージがにっこりした。

「よし」フリンがうなずいた。「その人物にかかる費用はどのくらいだ?」

サブリナはその日の仕事を終えてノートパソコンを閉じ、時計を見た。五時五分。

フリンのアシスタントのヤスミンはすでに帰り、ゲージとリードは自分の席にいる。何時までいるつもりだろう? ふたりはフリンほど長く残業しないが、彼らが帰るのを待っていたら、さらに一時間以上ここにいることになるかもしれない。

怖《お》じ気づいて何も言わずに帰りたくなったが、こちらの視線を感じたかのように、フリンがノートパソコンから顔をあげた。彼がにやりと笑うと、もう選択肢はなくなった。

「今話さなければ永遠に話せないわ」

サブリナはひとりつぶやきながらオフィスを横切った。ドアは開いていたが、フレームをノックした。

「サブリナ」

名前を呼ばれた瞬間、サブリナの体を熱い震えが走った。体を重ねていたときに聞いた言い方だ。だけど私には修行僧並みの意志の力と、ダグラス家特有の頑固さがある。大丈夫、私ならやれるわ。

やらなければならない。

「ちょっといい?」彼女は言った。しっかりした声が出たのがうれしかった。「話があるんだけど」

「もちろんいいよ」

フリンはまったく不安げな顔をしなかった。サブリナが部屋に入ってドアを閉め、デスクを挟んで向かい合った椅子に座ったときも。

「誓いのことよ」

「誓い?」

「ええ。あなたがゲージとリードとあらためて交わした、結婚しないという誓いのこと」

「その誓いか」

不安そうには見えないが、明らかに不愉快そうな顔だ。たぶん私は間違っていない。おそらくフリンも未来を心配している。私ともめて友情を壊したくないのだ。

「学生時代は、盛りのついた犬みたいに行動するための、ばかげた口実だと思ったけど」

彼が薄ら笑いを浮かべる。

「あなたはベロニカに出会って、その誓いを捨てた。なぜなら、それがばかげた口実だとわかっていたからよ。でも今回、私がばかげていると言ったのは理不尽だったわね。あなたは自分を守ろうとしているだけ。私はそれを尊重するわ」

「なるほど……」

フリンはまた眉をひそめている。おそらく私が要点を言うのを待っているのだろう。

「私は人を深く愛したことはないけど……」ささやかな嘘《うそ》だ。「いつか愛すると思う。豪華なウエディングドレス姿でバージンロードを歩く自分を想像したりするの。今じゃなくて、いずれはね」

彼が座り直した。今この場で私にプロポーズされるかのように緊張している。もちろんしないけれど、昨夜はあえて想像してみた。バージンロードの端で私を待つ花婿の姿を。そしてその花婿は……。

フリンだ。

「私はいつか結婚するつもりよ。でも、あなたはその気はない」

サブリナは間を置いた。フリンの顔をじっと見つめる。

「あなたと一緒にいるのは楽しかったけど、もう前に進まないと。私たちはいい状況に戻ることができた。あなたは以前のあなたに戻ったし、私はまた絵筆をとるようになったわ……」今はあまり絵を描く気分ではないけれど。「やっぱり暖炉の上に二羽のこがらの絵をかけたいなら、いつでもあげるわよ」

サブリナはあの絵を手もとに置きたくなかった。愚かにも心に手の届かない雄を愛してしまった雌の小鳥を見ると、身につまされるのだ。

フリンの眉が怒りのあまりひそめられる。だが彼は何も言わなかった。

「つまり、私たちは以前の関係に戻るってこと。こういうことが何も起こらなかったようなふりをするの」サブリナは急いで逃げようとすばやく立ちあがった。

「どこへ行く？」フリンも立ちあがり、さっきまで彼女が座っていた椅子を指差した。「座って」

サブリナは両手を腰に置いて言った。「いやよ。言うべきことは全部言ったもの」

「僕はまだひと言も言っていない」

「あなたが言うことは何もないわ！」

「まじめな話、山ほどある」フリンはデスクに両手をついて、険しい目で彼女を見た。

サブリナは腕組みをして、心が彼のほうへ揺らがないようにした。

「僕と別れるのか？」

「私たち……つきあっているの？」声が震えた。

「どう考えてもつきあっているだろう。この数週間、僕たちがしてきたことをほかになんて呼ぶんだ？」

「おもしろおかしく楽しんでいただけよ」彼女は肩をすくめた。「火遊びを」

「火遊びだって？」フリンが吐き捨てるように言った。

た。

「本当に楽しい火遊びだったわ」

「僕の話をよく聞け」

　サブリナは負けじと彼をにらみつけ、デスクに手をついて身を乗りだした。「聞いているわ」

「よし。ひと言も聞き逃すなよ」

21

　夜が深まるにつれ、フリンの怒りはますます募った。先週オフィスでサブリナと対峙《たいじ》した瞬間が、いまだに頭のなかで渦巻き、四肢が震える。

　以前の関係に戻ろうと言われ、僕は腹が立つと同時に傷ついた。オフィスを離れているあいだは、ふたりともうまくいっているように思えた。サブリナは僕が父のようになるのをとめてくれたし、僕は自分を優先するよう彼女を説得した。

　サブリナは僕がほしくないのだ。もうこれ以上は。

　僕はその決断を尊重することにした。たとえ彼女が泣きながら帰っていったとしても。サブリナは言った。〝腹が立つと必ず涙が出るだけだから深読みしないで〟と。

そのあと、リードとゲージがどたばたと入ってきた。

フリンはふたりにすべては話さなかった。だからふたりはたぶん、なぜサブリナが泣きながら出ていって戻ってこないのかわからず、まだ困惑しているだろう。僕はバレンタインデー以前の僕に逆戻りしていた。ダークスーツを着て暗い顔をし、怒りを強烈なコロンのように漂わせている。

美しくセクシーなサブリナがオフィスに入ってきて、僕と別れると宣言したのだ。ほかにどういう気分になれというんだ？　こっちは彼女を頭から追いだすことすらできずにいたのに、向こうはさっさと僕を捨てる方法を考えていたとは。

サブリナは僕らのしたことを〝火遊び〟と呼んだ。

こんなばかげたことはない。

口論の翌朝、サブリナからメールが来て、休暇をとると伝えてきた。いつまでとは書かれていなかった。一日か二日で彼女は正気に戻るだろう――フリンはそう確信していた。

その週がゆっくりと過ぎても、サブリナのオフィスは無人で真っ暗なままだった。シアトルに日差しがないのも彼女のせいだ。雲に覆われてばかりのシアトルでも、サブリナがそばにいれば明るく感じられた。

サブリナがいない。

オフィスから、僕のベッドから、僕の人生から、彼女がいなくなった。

疲れた目をこすり、パソコンを閉じて次に何をするか考える。そのとき、オフィスの戸口にゲージが立っているのが見えた。

「彼女に電話したのか？」疲れた顔をしたゲージが、客用の椅子に座った。

「していない」

「リードとコインを投げて決めたんだ。おまえにきかないと約束した質問をどっちがするか」

フリンは唇をかたく引き結んだ。何も言わないのが最も無難な返事だ。

「おまえたちは家でよろしくやっているだけじゃなかったのか？」ゲージが眉をつりあげ、にやりと笑った。「ちょっと突っ走ったら、顔からべちゃっと転んだか」

フリンがどのくらいの声で怒鳴ろうか迷っているうちに、リードが部屋に入ってきた。

「ゲージが言わんとしているのは、おまえたちはとうとう愛し合うようになったのに、ふたりともそれを認めていないってことだよ」

フリンは目をぱちくりさせて友人を見た。

「僕らの目は節穴じゃないぞ」ゲージがわずかに首をかしげた。「まあ、たしかにしばらくのあいだは節穴だった。だけど、おまえとサブリナがオフィスで言い合っただろう――」

「そして、彼女は泣いて出ていったきり戻ってこない」リードが割って入った。

「そこで僕らはぴんときたわけさ」

リードがゲージの隣の椅子に座り、ふたりそろって僕に問いただしている。僕はなんと言えばいい？

僕は親友を愛した咎《とが》で責められている。当の親友は、先週のこの日オフィスに来て、以前の関係に戻ろうと言い放った。このふたりはなんと言うだろう――サブリナと過ごしたひと月は人生で最高のひと月だったと聞いたら。彼女としたようなセックスはまったく初めてだったと聞いたら。

サブリナとのセックスは、単なる肉体の行為ではなかった。彼女は僕を引きこんだ――心も魂も。血も骨も。僕は百パーセント僕でいられた。なのに、サブリナは僕を捨てた。背を向けて去った！

僕らのしたことが〝火遊び〟だと本当に思ってい

るなら、このオフィスから永遠に出ていけと、僕は言った。もちろん、ただの火遊びなどではないことはよくよくわかっているが。

ああ、サブリナが恋しい。彼女を取り戻したい。それでも、彼女は大切な人だから、本人の意思に逆らうような要求はできない。

「彼女はいつか結婚すると言った。そういうことだ。彼女はいずれは結婚するつもりだけど、僕は結婚しないという誓いを立てているから、そう仕向けるようなことは僕にしたくないって言うのさ」

「誓いを破ってほしいとは言わないんだな」リードが信じられないという口調で笑った。

「彼女がそんなことを言うとは思えない」フリンは言った。「つきあっていたのはほんの一カ月だ。火遊びはおしまいにすると言われて、僕はなんと言えばよかったんだ？　火遊びだぞ、火遊び」

「火遊びだったのか？」ゲージが顔をゆがめた。

「そんなわけないだろう！」フリンは怒鳴った。「彼女が頑固すぎたり鈍感すぎたりするせいで、僕らの関係が特別なものだと気づかないなら、それは……」

「あのさ、おまえの気持ちはどうなんだよ」ゲージが脚を組み、膝の上に足首をのせた。

「そうだ。自分の気持ちをここで認めて……」リードがのびをして頭の後ろで手を組んだ。「彼女に言いに行けばいい」

「何を？」フリンは血圧があがるのを感じた。

「言ってみろよ」ゲージは眉をつりあげてあおった。

「ケイタリングを頼もうか」リードがゲージに言った。「しばらくインド料理を食べていないな」

「いいねえ。〈アマールの店〉のナンは絶品だ」

「おい」フリンはうなった。「いったい僕に何を言わせたい？」デスクの奥から出て歩きだす。「僕は何をすればいいんだ？　彼女のところへ行って、火遊びだかなんだかわからないけど、これを投げだすのはもったいないと言うのか？」

「もうちょっとましな言い方をするべきだと思うぞ」ゲージが言い、リードがうなずいた。

「だったらなんと言えばいいんだ？　君は特別な人だから行かないでほしい、とか？」

「もっと情熱的に」リードが言った。

「それじゃ、こうか……」フリンはため息をついた。怒りもいらだちもとけて消えていた。声に出して言えるだろうか？　初めてサブリナと体を交わしたときから避けていた真実を。「〝愛している。君は僕のものだ〟」

「おお、言ったぞ」リードがにやりと笑った。

「ああ、まったく」フリンは告白の重みに窒息しそうだった。

「それなら彼女もおまえを愛しているって認めるよ」ゲージが言った。

「聞いていなかったのか？　サブリナはまさにこのオフィスで終了宣言をしたんだぞ」

「彼女はおまえを失うのが怖いんだよ。友達同士でいられるよう、おまえに切られる前に関係を切ったのさ」

「僕は関係を切るつもりなどなかった！　その話が本当だとしたら、どうして彼女はそこにいないんだ？」フリンは無人のサブリナのオフィスを指し示した。「僕の友達ならまだそこにいるんじゃないのか？」

「おまえに出ていけと言われなければね」リードが言った。

「愛しているとサブリナに伝えろよ。キスをして仲直りするんだ」ゲージが言った。

「われわれはおまえを例の誓いから解放してやる」リードが宣言した。「だけど、ゲージと僕はまだ誓いを守る」ゲージの腕を肘でつつく。「いいよな？」

「結婚の予定はないから、イエスだ」

フリンは勢いよく振り向いた。「結婚の話なんて誰もしていないぞ」

「彼女を手放すか、結婚を受け入れるかのどちらかだ。彼女はいつかは結婚すると言った。つまりその相手がおまえじゃないなら、おまえは彼女を解放するべきだ」ゲージは明らかにお説教モードに入っている。

「おまえたちはとっくの昔に結婚するべきだったんだよ」リードは話を締めくくるかのように立ちあがった。「おまえとサブリナはずっと一緒だった。僕は何年もサブリナを誘惑していたが、彼女が僕と寝なかったのは、何かが彼女をとめていたからだろう。そしてその何かというのは……」リードはまっすぐフリンを見た。「おまえだ」

ゲージも立ちあがった。「リードの言うとおりだ。サブリナをつかまえに行け。結婚しろ。さもないと僕らは会社をやめるぞ。僕はエモンズ・パーカーの下では絶対に働きたくない。もしこれでも自分の心を大事にしないなら、おまえも親父《おやじ》さんみたいな人間になるに違いない」

「腐るほど金はあっても、救いようのない孤独な人間のことだ」リードがかいつまんで言う。

そしてふたりは、ナンを食べる話をしながらフリンのオフィスを出ていった。

フリンを誘いもせずに。

22

サブリナは三日続けて、午前中はジムでルークと並んで過ごした。悲しみと混乱のなか、自らをひたすら罰していた。そういう理由でもなければスクワットなどしない。

こんなにワークアウトに励むのは、罪滅ぼしのためだ。フリンを愛するのをやめられるなんて一瞬でも思った自分がばかだった。

私の頑固な性格は間違ったときに顔を出す。いいところに目を向けようとする前向きな面より強く出るので、道を踏み誤ってしまう。

これからも会い続けるとフリンに強く言われたとき、私は抵抗した。私に指図することは誰にもできない。結局、彼を愛するのをやめる努力は必要なくなった。なぜなら、フリンは〈モナーク〉社を放りだした私を憎むだろうから。

いや、憎むことはないかもしれない。でも私を黙って休ませているなら同じことだ。

私は友人であり続けるために、フリンとの関係を終わらせた。それなのに、私は彼をすっかり失ってしまった。私がお互いのためを考えているのが、どうしてわからないのだろう？

「自分の気持ちを隠し通してまで」サブリナはつぶやき、バッグを肩にかけた。

〈ブルードッグの店〉でコーヒーを飲もうとゲージに誘われていた。そのカフェは彼女のアパートメントから一ブロックのところにある。サブリナは断ったが、ゲージに必死に頼まれたのだ。〝フリンが雇った業者が最悪なんだよ。力を貸してくれ〟と。

外注したのは私のせいだ。通告なしに職場を離れてしまったから。気がとがめて断ることはできなかった。それに、いずれは仕事に戻りたい。ほとぼりが冷めてフリンとの友情が復活するまで、どんなに長くかかっても。

　復活させなければならない。彼のいない人生なんて惨めだ。〈モナーク・コンサルティング〉社は私に生きる意義と目的を与えてくれた。その大きな一部がフリンだ。それを認めないほど、私は頑固ではない。彼は私にとって大切な人だ。私は大人の女らしいふるまいをして、前に進まなければならない。

　私にはできる。方法がまだ見つからないだけだ。

　外は春の霧雨が降っていた。ゲージの仕事の手伝いも、この天気も、気が滅入《めい》るばかりだ。〈ブルードッグの店〉に入ると、カウンターでコーヒーを受けとった人と危うくぶつかりそうになった。

「すみません」横へどいたそのとき、とびきり整った顔を見て、サブリナのまなざしが和らいだ。

　フリン。

　彼の顎がこわばり、頬が引きつった。

「私……ゲージと待ち合わせているの」彼女はそう言いながらも、ゲージはここに来ない気がした。

「僕もだ」フリンがぐっと目を細めた。「二分前に電話があって、遅れるからコーヒーを買っておくよう言われた。席は……」

「観葉植物のそばのテーブル」ふたりは同時に言った。

「そのカップのひとつは、塩キャラメルシロップ入り？」サブリナはお気に入りのフレーバーを言った。

　フリンはカップのひとつを彼女に渡し、ふたりで観葉植物のそばのテーブルに向かった。その席には、サングラスをかけて新聞を読むふりをしたリードが座っていた。

「リード、あなたも？」サブリナは言った。

　リードが新聞をおろし、驚いたふりをする。「ふたりともここで何しているんだ？　まあ、いいや。この席をどうぞ。僕はちょうど帰るところだ」

「都合がいいこと」彼女はつぶやいた。

リードが立ちあがり、サブリナの額にキスをした。

「君がいなくて寂しいよ」

リードが帰ると、サブリナとフリンは向かい合って座った。彼女はぎこちなく膝にバッグを置いた。

「あいつがあんなふうに誘惑してきても、何も感じない？」フリンが尋ねる。

「リードのこと？　え……ええ、べつに何も感じないわ」

「どきどきしないのか？」

「ええ」リードはとてもハンサムだけれど……どきどきすることはない。

ふたりはコーヒーを飲みながら、しばらく黙って座っていた。カフェは人々の話し声や食器の触れ合う音でにぎやかだ。


この膠着《こうちゃく》状態をどちらかが破らなければならない。ゲージとリードがお膳立てしてくれた機会だ。あのふたりは仲直りを望んでいる。そしてたぶん、仕事に戻るよう私に言えと、フリンを説得したのだろう。私は彼らのもとから去るべきではなかった。

サブリナは過ちを認めようと心を決めた。私から先に謝ろう。「フリン――」

「君を愛している」

次に言おうと思っていた言葉が全部頭から消えた。フリンは苦しそうな表情をしている。今言ったことを後悔しているから？　それとも、私も彼を愛しているかどうかわからないからだろうか？

「タイミングは最悪だし、君も同じ気持ちかどうかはわからないけど、僕は君を愛している。君が恋しくてどうかなってしまいそうなんだ」

サブリナの脈が速くなった。喜びがこみあげてくる。フリンが私を愛している！

彼が声を落とした。「あの絵はいらない」

妙な展開だ。

「小鳥の絵。セックスだけが目的で互いを求める小鳥たちの絵だ」フリンが説明した。少し声が大きい。

「僕が求めているのはそんな関係じゃない。これまでだって求めたことはなかった。だがやっと勇気を出して行動を起こしたときは、相手を間違えた」

「私のこと？」

「違う」彼が叫ぶように言った。「ベロニカだ」

元妻の名前を聞いて、サブリナは大きく安堵《あんど》した。

「ベロニカに裏切られ、やっぱり結婚なんかしないのがいちばんだと確信した。再婚は考えていなかった。妻に裏切られる苦しみを避けたい一心からだ。ベロニカもかつては僕を愛してくれていたのかもしれないが、あまり愛情は感じられなかった。だが、君は違う」

フリンがテーブル越しに手をのばした。サブリナはそこに自分の手を置いた。フリンに触れるのが、彼がここにいるのが、彼の口からこぼれでる言葉を聞くのが、信じられないほど心地いい。

「サブリナ・ダグラス、君はほかの誰よりも上手に愛情を表現してくれる。ちょっとしたしぐさや行動から、それがわかる。別れを告げに来たときだってそうだった。残念なことに、それを理解するまでこんなに時間がかかってしまったが」

「私もよ」サブリナはささやいた。涙で鼻がつんとする。彼女は潤んだ目でまばたきをした。「私もあなたを愛しているわ。あなたを愛するのをやめたことはなかった。あなたのもとから去ったときだって愛していたわ」

「ああ、そう言ってもらえてどんなにうれしいか」

フリンの微笑《ほほえ》みはこの一週間でいちばんうれしいものだった。

「僕と結婚しなきゃいけないと言っているわけでは

ないよ。僕とつきあううちに、バージンロードの奥で待っている男は僕だと思って――」

「もう、そうだと確信しているわ」

「本当に？」

「ええ」サブリナは引きつった笑いをもらした。「どうかしているわよね」

「さあ、なんとも言えないな。まあ、それについてはゆっくり考えてくれればいいが、今すぐ君に決めてもらわなければならないことがある」

「いったい何かしら？」

「〈モナーク〉社に戻ってもらいたい」フリンが真剣に言った。

それを聞いて、サブリナの目に涙がこみあげる。

彼女は涙をぬぐった。「いいわ」

「そして、君にはずっと僕のそばにいてほしい。こがらとは違って……一生添い遂げる種類の鳥のように。そういう鳥の絵を描いてくれないか。つがいの絵を。暖炉の上にかけるから」

「一生つがいでいる鳥は黒コンドルしか知らないわ」サブリナは鼻にしわを寄せた。「奇遇にも、黒コンドルのつがいはあなたのペントハウスにぴったりね」彼女はからかった。

フリンはサブリナの手をぎゅっと握った。「ペントハウスにぴったりなのは君だよ。君の居場所は僕のいるあの家だ。僕はひとりでやっていけると思っていた。気楽に生きていくのが気に入っていた。だが君が僕の白と黒のペントハウスにやってきて、そのすべてを変えた。僕の人生に彩りを持ちこんだ。そして愛を持ちこんだ……真実の愛を。僕は以前から、自分の人生には何かが欠けていると気づいていた。そしてそれは成功かお金だと思っていたんだ。でも違った。君だったんだ。君を恋しく思うのには疲れてしまった。もう二度とこんな思いはしたくない」

彼は真剣な表情で自らの気持ちを吐露した。

フリンの話をきちんと理解しなければならない。私たちは大きな代償を支払った――お互いを失った。私は二度と彼を失うようなまねはしない。

「念のため確認させて。あなたは私に一緒に働いてほしいのよね。それから……一緒に暮らしてほしい？　将来、結婚してほしい？」

「イエス、イエス、全部イエスだ。君は僕の黒コンドルだよ、サブリナ」フリンはウインクをした。「それに、僕は例の誓いの輪からはずされた」

「本当に？」

「ああ。僕はいらないそうだ。あいつらは君と僕が一緒にいるほうがいいらしい」

よかった。リードとゲージには、次に会ったとき、思いきりハグしてあげないと。

「あいつらが言うには、僕はずっと君のものだったそうだ。今週、ずっとそのことを考えていた。君と僕は何年も前からの友達だ。当時、お互いに交際相手はいても、僕らは一緒にいた。君と僕は一度もはぐれたことはない。僕と君はずっとお互いのものだったんだ」

フリンの言葉がサブリナの心に響いた。彼女も、フリンと一緒に過ごした日々のことを考えた。気楽に話をし、一緒に時間をつぶしたときのことを。

「あなたがいるべき場所は私のそばだって、ずっとわかっていたわ」彼女は言った。「だけど友達以上になるなんて夢にも思わなかった」

「だったら、バレンタインデーに君にキスをしてよかった」

彼の唇に初めて触れたときのことを思い出して、サブリナの体を震えが走った。

「今日はもう仕事を休みにするよ」フリンは立ちあがり、彼女の手を引いて立たせた。

サブリナは彼の額に手をあて、熱がないかどうか確かめた。「まさか具合が悪いわけじゃないわよね？」

「具合が悪いとしたら恋の病だ」彼は唇を近づけてきて軽くキスをすると、コーヒーカップを渡した。「それに、やることがいっぱいある。君のアパートメントで荷づくりし、引っ越し業者を頼んで――」

「あなたの色のないペントハウスを装飾し直さないと」

「君が色を持ってきてくれ、サブリナ」

ええ、そうするわ。

カフェを出て、フリンは日よけの下で立ちどまった。霧雨が土砂降りに変わろうとしている。大粒の雨が歩道を打ち、人々が雨宿りしようと走りだした。

「僕らは最初からずっと愛し合っていたのに、ただ気づかなかっただけだと思う？」彼が尋ねた。

「そんなことはどうでもいいわ」

「どうして？」

「今このときまで、あなたは別のあなただったからよ。そして私も別の私だった。以前の私たちが試してみても、うまくいかなかったと思うわ」

フリンは彼女を片方の腕で引き寄せた。「愛している」

サブリナは笑みを抑えることができなかった。「私も愛しているわ。だから離れずにいたほうがいいわね」

「ああ、そのとおりだ」彼が激しく降る雨を見た。「散歩日和だな」

「散歩するには最高の日ね」

フリンは彼女の首に腕を絡ませ、一緒に日よけの下から出た。雨に濡《ぬ》れるのもかまわず歩道を歩いていく。

「僕にチョコチップクッキーをつくってくれるのは君だけだ」

「チョコチップクッキーは強い絆《きずな》を結ぶための土

台ね」

「それから、洗濯室でのセックスも」

「ソファの上でのセックスも」

「バルコニーでのセックスも」

サブリナはまばたきをして彼を見あげた。雨が頬を伝う。「バルコニーではセックスしなかったわ」

「ああ、まだしていない。ただ、君が置いていったロマンス小説にそういうシーンがあったんだ。試してみるべきだと思う」

「あなた、ロマンス小説を読むの？」

「ああ。学ぶことがたくさんある」

「すでにたくさん学んだみたいね」彼女はフリンのシャツをつかんで引き寄せた。「今は雨のなかでキスをして。理想的な結末よ」

彼がサブリナと唇を合わせ、じっくりと味わった。冷たい雨のせいで唇が滑る。彼はサブリナをしっかりと抱いて、二度と放さないと約束をした。


彼のブルーの目がサブリナの目をとらえた。腕はしっかり体にまわされたままだ。すると、フリンの顔が心からの笑みに輝いた。

「言ってくれ」

「何を？」

「結びの言葉を」

「ああ、わかったわ」彼女は咳払《せきばら》いをして告げた。

「そしてふたりはいつまでも幸せに暮らしました」

ハーレクイン®

始まりは秘密の接吻

2019年7月20日発行

著　者	ジェシカ・レモン
訳　者	藤峰みちか（ふじみね　みちか）
発行人	フランク・フォーリー
発行所	株式会社ハーパーコリンズ・ジャパン 東京都千代田区外神田 3-16-8 電話 03-5295-8091（営業） 0570-008091（読者サービス係）
印刷・製本	大日本印刷株式会社 東京都新宿区市谷加賀町 1-1-1
編集協力	株式会社ラパン

ISBN978-4-596-51860-6 C0297

Anniversary 40th Harlequin

ハーレクインは
2019年9月に
40周年を迎えます。

7/20刊

『スター作家傑作選

～涙雨がやんだら～』

（HPA-4）

※表紙デザインは変更になる場合があります

シャロン・サラ

「初恋を取り戻して」

初版：W-17

ローリー・フォスター

「セクシーな隣人」

初版：Z-26

キム・ローレンス

「シークと乙女」

初版：Z-21

キャロル・モーティマー

「伯爵との消えない初恋」

初版：Z-27